KB119185

나의 남자

나의 남자

임경선 장편소설

위즈덤하우스

그 어쩔 수 없음조차

나는 사랑했다

0.

이것은 내 마음을 뒤흔들었던 갈증과 번민, 인생에 비
춘 작고 소중한 빛에 대한 이야기다.

스스로가 무서워질 정도로 누군가를 좋아하고, 상처
받을 것을 알면서도 마음이 머리의 말을 듣기를 거부하
고, 몸이 일으키는 행동을 제어하지 못하는 일은, 인간의
짧은 인생을 살아가면서 그리 자주 경험할 수 있는 것이
아니었다.

1.

가을 초입의 마지막 금요일, 차가운 비가 거리를 적시던 밤이었다. 시선이 자꾸 창밖으로 향했다. 처음엔 몇 방울씩 통통 떨어지던 게 이제는 둑이 무너져 내리듯 일제히 하늘에서 소낙비가 쏟아졌다. 바람에 따라 빗줄기는 직선에서 사선으로 모양을 바꾸기도 했다.

어렸을 때부터 비의 소리와 촉감을 좋아했다. 비 내리는 모습은 아무리 봐도 질리지 않았다. 그리고 비가 내리는 날에는 늘 무언가 좋은 일이 생겼다.

곁에 앉아 있는 사람들은 대화를 나누며 무척 즐거워 보였다. 사람들은 허벅지가 닿도록 좁게, 둥글게 모여 앉아 맥주를 마셨다.

이런 모임에 오면 늘 놀라곤 했다. 사람들은 타인에게도, 자신을 둘러싼 이 세상의 움직임에도 진심으로 많은 관심을 기울였다. 나는 사람들이 많이 모이는 자리에 내심 잘 적응하지 못했다. 사람들의 대화는 그저 위잉위잉 귓가에 소음으로 맴돌았고 나는 혼자만의 생각에 푹 빠져 있었다.

머릿속은 작업 중인 새 소설 원고에 대한 생각으로 가득 차 있었다. 스토리가 안 풀려서 답답하고 괴로웠다. 이렇게 소설의 진도가 막히면 인생의 모든 것이 막힌 것 같았다. 그럴 때는 한동안 원고는 덮어두고 보지 말라고 주변에서는 조언하지만, 지금 쓰는 소설 외에 다른 일에는 아무런 관심을 가질 수가 없었다.

낮에는 잠시 멎었던 비가 밤이 깊어지면서 다시 굵은 빗방울로 내리기 시작했다. 나는 서서히 지쳐가고 있었다. 자리에서 일어나 화장실로 향했다.

다른 자리의 손님들은 이미 취기가 한껏 돌아 목소리가 커졌고, 술집 주인은 돈 문제로 누군가와 심각한 목소리로 통화를 하고 있었다. 손을 씻으며 화장실 거울을 뚫어지게 응시했다. 수면 부족 탓에 얼굴이 평소보다 더 하얘 보였다. 손가락으로 엉킨 긴 머리를 조금 매만진 후

심호흡을 한 번 하고 밖으로 나왔다.

짐을 챙겨 먼저 나가려고 자리로 돌아가는데 김성재 선배와 복도에서 마주쳤다. 오늘은 선배의 수상을 축하하는 자리였다.

그는 멈춰 서서 미안한 표정을 지으며 말을 걸었다.

"지운 씨는 술도 잘 못하는데 여기 있는 거 지루하지…."

"아니에요."

예민하고 섬세한 선배였다.

"같이 빠져나가서 커피 한잔 할까? 먼저 나가서 오른쪽 건물 꺾어지는 곳에 있으면, 나도 가방 챙겨서 나갈게."

그가 예전부터 나를 아끼고 있음을 어슴푸레 눈치채고 있었다.

"선배가 빠지시면 안 되죠. 마지막까지 있다 가세요."

손가락으로 턱수염을 만지며 그는 잠시 고민하는 듯했다. 그러나 그는 무리한 요구를 하지 못하는 친절한 남자였다.

"알았어. 그런데 우산 있어? 비가 많이 오던데."

"네, 가지고 왔어요."

"그래, 근데 여기가 너무 구석진 데라… 내가 택시 잡는 데까지 바래다줄까?"

"괜찮습니다. 혼자 갈 수 있어요."

티 내지 않으려는 절실함은 티 나지 않게 끊어줘야 했다.

"알았다. 따로 연락할게. 조만간 밥 먹자."

"네, 선배."

그와 따로 밥 먹을 일은 아마도 없을 것이다.

의자에 걸쳐두었던 배낭을 둘러멨다. 먼저 집에 들어가 봐야 할 것 같다고 곁에 앉아 있던 사람들에게 양해를 구했다.

사람들은 여전히 즐거워 보였다. 나는 밖으로 나갔다.

2.

애초에 가방 안에 우산은 없었다. 비는 여전히 많이 내리고 있었지만 비를 맞는 것은 아무렇지도 않았다. 밖으로 나오자 어둠 속에서 가을비의 찬 기운과 함께 젖은 은행나무 잎사귀들의 향이 훅 코를 찔렀다.

씩씩한 초등학생처럼 배낭을 양쪽 어깨에 메서 몸에 바짝 붙였다. 택시가 오가는 저 앞 큰길까지 백오십 미터 정도 돼 보였다. 다행히 무릎까지 오는 체크무늬 스커트는 뛰는 데 불편함이 없을 것이다. 갈색 로퍼도 바닥이 좀 미끄럽긴 해도 뛰는 데 무리는 없을 것이다. 중간중간 비를 피하기 위해 처마 있는 가게를 들르며 가기로 했다. 골목길을 오가는 자동차는 거의 없었다.

뛰기 시작했다. 심장도 더불어 뛰었다. 이미 보도블록이 파인 곳에는 물웅덩이가 괴어 있었다. 어두워서 발을 잘못 디디는 바람에 로퍼 안에 신은 양말이 이내 빗물에 젖었다. 처마가 없는 곳에선 뛰다가 처마가 있는 곳에서 잠시 숨을 고르며 비를 피했다.

한기가 맨다리를 통해 조금씩 올라왔지만 오랜만에 밖에서, 그것도 비 내리는 밤에 달릴 수 있어서 가슴이 뜨겁게 벅차올랐다. 아까 실내에서 느꼈던, 답답했던 마음이 개는 기분이었다.

아이가 아직 어려서 밤에 외출하기가 쉽지 않았다. 볼일이 끝나면 바로 아이가 기다리는 집으로 가야 하는데, 곧바로 집으로 돌아가고 싶지가 않았다.

대신 백일몽을 꾸었다. 이대로 전혀 모르는 어딘가로 떠나 익숙한 일상과 세상에서 벗어나 사라져버리고 싶었다. 아무도 내가 누군지 모르는 곳에서 새로운 신분으로 인생을 다시 시작하고 싶었다. 그렇게 스스로를 주체하지 못하고 직성이 풀릴 때까지 길을 헤매듯이 걷고 또 걸었다. 귀가 시간은 아슬아슬할 때까지 늦춰졌다.

오늘도 마찬가지였다. 이렇게 어둠 속을 걸어가다가 버뮤다 삼각지대처럼 낯선 곳으로 빠져버리기를, 이 길지 않은 빗속 귀갓길이 조금 더 오래 이어지기를 간절히 바랐다.

　큰길에 이르기까지 절반쯤 되는 거리를 뛰어가자 갈색 벽돌 외관에 따뜻하고 은은한 노란색 빛을 비추는 등불 두 개가 켜져 있는 커피집이 보였다.

　가까이 다가가 보니 아무런 간판이 걸려 있지 않은 단출한 곳이었다. 처마가 달려 있어 잠시 그 아래 서서 비를 피하며 유리창 너머로 들여다보았다. 이곳만 시간이 멈춘 듯 고요함이 흘렀다. 쳐다보고 있노라니 묘하게 마음이 차분해졌다.

　나는 창 너머로 그 안에 홀로 앉아 있는 선량하고 사려 깊은 인상의 남자를 보았다. 헝클어진, 새치가 조금 섞인 반곱슬머리와 크고 맑은 눈동자를 가진 남자가 문에서 가장 가까운 일인용 소파에 앉아 갈색 뿔테 안경을 쓰고 고요한 숨결로 책을 읽고 있었다.

　밝기를 낮춘 간접 조명 아래 네 개의 작은 나무 테이블과 큰 나무 테이블 하나, 그리고 테이블 사이사이에는 책들이 빼곡히 꽂힌 책장들이 배치되어 있었다. 통나무로 만든 바 카운터 테이블 뒤에는 주인의 인기척이 없었다.

깊은 갈색 눈동자를 가진 그 남자만이 소파에 파묻혀 앉아 이 세상에서 가장 편안하고 충족된 모습으로 책에 푹 빠져 있었다.

남자는 군살이 하나도 붙지 않은 몸에 헐렁한 연회색 티셔츠와 갈색 카디건, 적당히 바랜 청바지를 입고 있었다. 소박하고 심플한 차림새였지만 그의 옷차림에는 은연중에 질서와 귀티가 배어났다.

그가 기다랗고 가는 손가락으로 책장을 넘기고 있는 책의 제목을 흘깃 훔쳐보았다. 필립 로스의 은퇴 작품인 『네메시스』였다. 남자 독자들은 남자 작가의 글만 읽는다는 말이 있었지만 상관없었다. 요즘 같은 시절에 책의 세계에 푹 빠져든 모습을 발견하는 것만으로도 한 사람의 작가로서 고맙고 흐뭇했다.

에취. 그 순간 가을비의 한기에 진저리치듯 재채기가 나왔다.

남자는 안경을 조금 올리고 눈을 비비다가 유리창 너머로 인기척을 느꼈는지 창밖을 쳐다보았다. 그때 남자와 눈이 마주쳤다. 그는 우산도 없이 비에 젖은 나를 유리창을 사이에 두고 내다보면서, 고속도로에서 새끼 고양이를 발견한 것처럼 당황한 표정으로 고개를 갸우뚱했다.

그는 읽던 소설책 페이지에 클립으로 표시하며 책을 덮고 자리에서 불쑥 일어섰다. 그림 액자 속에 있던 남자가 갑자기 툭 튀어나온 것 같아 나는 흠칫 놀라며 한 발짝 뒤로 물러섰다. 그는 바 카운터 뒤로 들어가더니 뭔가를 집어 들고 문 쪽으로 걸어 나왔다.

내가 그의 독서를 방해한 것일까. 책을 읽고 있던 온화한 시선이 나를 뚫어지게 쳐다보았다. 그의 개인적인 시간을 방해한 것에 미안한 마음이 들어 나는 배낭을 머리 위로 올리고 다시 큰길을 향해 도망치듯 한달음에 빗속으로 뛰어 들어갔다. 사실 가방을 머리 위에 올려봤자 이미 비에 흠뻑 젖어 돌이킬 수 없었다.

나는 왜 그 남자로부터 도망쳤던 것일까. 지금 돌이켜보면 우습기만 하다.

오랜만에 한껏 있는 힘을 다해서 뛰었더니 숨이 찼다. 문득 갈증도 일었다. 비는 여전히 거칠게 내리고 있었다.

마침내 큰길에 도착해서 달리기를 멈추고 안도의 한숨을 내쉬었다.

이제나저제나 택시가 오려나 발을 동동 구르면서, 궁금증을 참지 못하고 어깨 너머로 아까 머물렀던 곳을 뒤돌아보았다. 저만치 적막한 어둠 속에서 갈색 카디건을 입은 그 남자가 커피집 문 앞에 서서 내 쪽을 내다보고 있었다.

표정까지는 보이지 않았지만 그는 나에게서 줄곧 시선을 돌리지 않았다. 가느다란 손에는 영국 신사들이 들고 다닐 것만 같은, 튼튼해 보이는 검정 장우산이 들려 있었다. 아무래도 도로의 새끼 고양이를 구해주고 싶었던 것 같았다. 멀리서도 그가 어렴풋이 고개를 갸웃하는 것이 보였다.

남자는 손에 우산을 들고 있으면서도, 그렇게 비를 맞으면서 한동안 서 있었다.

3.

    윤재는 남편을 닮아 몸에 열이 많았다. 개구쟁이 남자 아이답게 오늘도 이불을 다 걷어차고 자고 있었다. 엎드려서 얼굴을 옆으로 돌리고 자는 모습도 제 아빠를 쏙 빼닮았다.

    이불을 겨드랑이 사이에 끼워주고 이마에 길게 입을 맞추었다. 달콤한 땀 냄새가 났다.

    "왔어…?"

    아이를 데리고 자던 남편이 잠에서 깨서 졸린 목소리로 물었다.

    "응. 일어나지 말아요. 오늘은 내가 윤재 방에서 잘게."

    남편의 어깨를 토닥이며 말했다.

    "아냐, 됐어. 내가 애 옮겨다 놓을게."

    남편이 삐죽 선 머리로 주섬주섬 일어나서, 곤히 자는 아이를 번쩍 들어 안아 아이 방 침대에 뉘이고 안방으로 돌아왔다.

겉옷부터 속옷까지 다 벗어 빨래 바구니에 넣고 하늘색 세로줄무늬 잠옷으로 갈아입었다. 머리를 고무줄로 하나로 묶고 안방과 연결된 화장실로 들어가 화장을 지우고 이를 닦았다.

거울에는 올해로 서른일곱 살이 되는 여자의 민낯이 드러났다. 피로해 보였지만 남편과 아이가 있는 집에 돌아와서 안심한, 말간 나의 민낯. 밖에 있을 때는 들어오고 싶지 않다가도 막상 귀가하면 나는 이렇게 평온한 얼굴이 되었다.

"내일은 늦는다고 했지?"

수분크림을 얼굴에 듬뿍 바르면서 물었다. 남편은 여분의 베개를 껴안으며 다시 몸을 웅크리고 웅얼거렸다.

"응, 야간경기 있어. 늦을 거야."

남편과 나는 서로에게 잔소리도, 간섭도, 불필요한 질문도 하지 않았다. 어디서 누구와 무엇을 하는지가 아니라 언제 집에 돌아오는지만 알면 되었다. 그것도 아이가 태어나고 나서 서로에게 필요에 의해 묻기 시작한 질문이었다.

각자의 일을 하다가 저녁이 되어 어두워지면 집이라고 부르는 장소로 무사히 돌아오면 그것으로 충분했다.

노곤한 몸을 침대에 뉘이고 남편의 등에 가만히 뺨을 대보았다. 그는 몸에 열이 많아 겨울이 될 때까지 웃통을 벗고 잠을 청했다. 그의 널따란 등짝은 따뜻하다 못해 뜨거웠고 나는 그의 체온을 느끼면서 마음의 소란을 찬찬히 가라앉혔다. 몸에 무엇 하나 바르지 않는데도 남편의 피부는 매끄럽고 부드러웠다.

잠자리에 들어서야 그날 남편에게 미처 말하지 못한 이야기들이 생각났다. 상의했어야 할 일 중 하나는 일본 여행에 관한 것이었다. 남편은 내게 모든 것을 맡기겠다고 했지만 그래도 중간중간 일러두거나 알려주고 싶은 일들이 있었다.

남편과 결혼을 하고 십 년을 살았다. 다다음달 초가 그와 나의 결혼 십 주년 기념일이었다. 지금의 삼십 대 후반의 삶을 이십 대에 상상할 수 없듯이, 막 결혼했을 때는 십 년 뒤의 모습을 상상해본 적이 없었다. 동화책이 '두 사람은 영원히 행복하게 잘 살았습니다'에서 끝나듯이 그다음에 연결되는 이야기는 궁금해하지도 않았다. 그것은 너무도 먼, 상상을 초월한 시간 같았다.

　결혼 십 주년은 무슨 의미일까.
　우리는 마침내 진짜 가족이 되었다고 할 수 있을까.
　그날 남자들로부터 고가의 목걸이나 가방을 받는다는 여자들의 이야기를 들었다. 결혼을 기념하는데 왜 남편이 아내에게 일방적으로 선물을 줘야 하는지 선뜻 이해가 안 갔다. 물질적인 보상으로 두 사람의 결혼 생활은 단단해지고 기쁨이 넘치게 되는 것일까. 잘 알 수도 없었고 와 닿지도 않았다. 선물이라는 것은 모든 것을 쉽게 단순화해버린다.
　일찌감치 남편에게 기념 여행을 가자고 제안했다.
　"여보, 우리 주말 껴서 2박 3일 정도 도쿄와 하코네에 갔다 와요."
　도쿄에서 하루 지내고, 다음 날 '로맨스카'라는 이름의 고속열차를 타고 하코네 온천 마을에 가서 하루 자고, 그 다음 날 늦은 오후 비행기를 타고 돌아올 수 있었다.
　"그래, 그러지 뭐. 당신 마음대로 해."

남편은 가정사의 결정과 선택을 모두 나에게 일임했다. 아내에게 전적인 선택권을 주면서 배려하는 것 같지만 달리 말하면 자신은 관심을 가지지 않겠다는 뜻이자 책임도 지지 않겠다는 얘기와도 같았다. 한참 후에야 윤재 없이 단둘이서만 가는 것을 알고 꽤 놀랐지만.

"시간 빼는 거 괜찮겠어요?"

일을 우선시하는 남편의 안색을 조심스럽게 살폈다.

"내가 미리 사흘 빼놓을게. 다행히 다음 달은 출장이 별로 없어."

방송사 스포츠 기자인 남편은 경기가 열리는 곳이라면 어디든 따라다녔고 출장도 불규칙적이고 급작스러웠다. 매일 아침 일찍 나가 밤늦게 들어와 침대에 머리만 대면 바로 잠이 들었다.

그의 널따란 등은 지금처럼 말도 없고 동요도 없었다. 등뼈가 불쑥 솟아 있는 부분에 코를 문지르며 살 냄새를 맡았다. 남자의 살 냄새가 났다. 긴 하루가 지나고 귀가를 했다는 실감이 났다.

밤 외출, 설레는 가을비, 오랜만에 만난 사람들, 새로 듣게 된 이야기들, 폭우 속의 달리기, 예전에 어디선가

본 적이 있는 것 같은 낯선 남자. 이런 비일상적인 흥분 때문인지 몸은 노곤했지만 정신은 고요 속에서 각성이 되어 잠이 잘 오지 않았다.

아무런 대꾸가 없는 남편의 등짝에 살짝 입을 맞춘 후, 그가 깨지 않도록 조용히 몸을 일으켜 침대 밖으로 나와 복도 끝 오른쪽에 위치한 부엌으로 향했다.

부엌 등을 켜고 냉장고를 열어 시금치와 유부, 된장과 두부, 다진 마늘을 꺼냈다. 중간 사이즈 칼을 꺼내 시금 치를 다듬어서 데치고 유부와 두부를 썰고 멸치와 다시 마를 우려낸 국물에 미소된장을 풀었다. 시곗바늘은 어느덧 열두 시를 가리키고 있었다.

결혼 생활이란 다음 날 가족이 먹을 신선한 아침 국을 매일 끓이는 일이었다. 그렇게 하루하루를 살아가는 일이었다. 말하자면 결혼 십 주년의 의미는, 지난 십 년간 내 결혼 생활에서 실질적으로 쌓인 것은, 내가 끓여낸 십 년 치 국물들이었다.

4.

    윤재를 유치원 버스에 태워 보내고 다시 집으로 돌아와 현관에 펼쳐둔 검은색 장우산이 마른 것을 확인했다. 곱게 말아서 똑딱단추로 매듭을 지었다.

    물건을 빌리는 일도 부담스러웠지만 일단 빌렸다면 한시라도 빨리 돌려줘야 직성이 풀렸다. 게다가 손잡이가 나무로 만들어진, 어떻게 봐도 명백한 남자용 장우산을 집에 두고 싶지 않았다. 옷을 갈아입고 고민하다가, 노트북을 배낭에 넣고 검은색 장우산을 들고 집을 나섰다.

    비가 온 다음 날 아침의 공기는 한층 더 깨끗하고 싱그러워 잠이 부족했지만 기분은 상쾌했다. 고개를 들어 바라본 선명한 파란색의 가을 하늘엔 흰색 구름이 둥둥 떠다니고 있었다. 어둡고 축축하게 비가 내리던 어젯밤과는 사뭇 다른 맑게 갠 그날, 그곳을 다시 찾아가는 길은 초행길 같았다.

어젯밤, 대로변에서 빈 택시가 두 대나 이쪽으로 다가오고 있었는데도 어떤 강한, 불가사의한 기운에 이끌려 내가 걸어온 길을 획 뒤돌아보았다. 커피집에서 책을 읽던 그 남자는 검정 장우산을 들고 비를 맞으며 문가에 서 있었다. '이 우산 가지고 가세요'라고 말하듯 그는 긴 팔을 뻗어 우산을 나에게로 건네는 동작을 하고 있었다.

여기까지 와서, 이제 차를 잡으면 되니까 다시 우산을 가지러 갈 이유는 없었는데도 그에게로 되돌아가지 않으면 안 될 것 같은 강렬한 확신에 휩싸였다. 두 발은 절로 벽돌 건물의 노란 불빛을 향해, 우산을 들고 기다리는 그 남자를 향해, 다시 뚜벅뚜벅 걸어가고 있었다. 갈색 로퍼는 빗물로 가득 차서 쿨렁이는 소리를 냈다. 모르는 사람의 의아한 친절.

"혹시 제가 뭘…?"

가쁜 숨을 몰아쉬며 그 남자 앞에 멈춰 서 물었다.

"아까 우산 가지고 가시라고 말씀드리려고 했는데 그새 뛰어가 버리셨습니다."

그의 과하게 예의 바른 '—습니다' 말투는 어딘가 흥미로운 구석이 있었다.

"여기, 이거 가지고 가십시오."

얼떨결에 그 남자가 건네는 검은색 장우산을 받았다.

"우산은 안 돌려주셔도 됩니다."

갈색 뿔테 안경을 추켜올리며 말하고선 그는 고맙다고 말할 시간도 안 주고 이내 커피집 안으로 다시 스르륵 들어가 버렸다.

그는 그곳의 단골손님이었을까, 아니면 주인이었을까. 어쩌면 이 우산을 주인에게 돌려주지 못할 수도 있었다. 그래도 혹시나 해서 이곳을 다시 찾아왔다.

가급적이면 빨리 돌려주고 싶었다. 이 우산은 빌려주고 돌려받지 않아도 될 만큼 조잡한 물건이 아니었다. 나일론 소재가 탄탄하고 두터웠고 세부 액세서리도 무척 고급스러웠다. 그리고 어제는 기회를 놓쳤지만, 늦게라도 그 남자에게 고맙다는 인사를 하고 싶었다.

어제는 밖에서만 들여다봤던 커피집의 문을 조심스럽게 열었다. 가게에 발을 들여놓는 순간, 구수하고 쌉싸름한 커피콩 볶는 냄새가 진동했고 차분하게 흐르는 클래식이 몸 안으로 나른하게 스며들었다.

이곳은 커피집이라기보다 한 개인의 비밀스럽고 아늑한 방 같은 장소였다. 주인의 모든 취향과 체취가 완전히 배어 있었다. 그는 그곳의 분위기를 완전히 지배했다.

테이블 사이사이 배치된 책장의 책들은 주인이 손수 고르고 읽은 책들이라는 것을 단번에 알 수 있었다. 소설이 가장 많았고 에세이와 인문서, 이따금 사회과학서가 섞여 있었다. 영화 관련 전문 서적과 인터뷰집도 제법 있었다. 이 책들의 주인은 아마도 책을 꾸준히 사 모으며, 애정을 가지고 처음부터 끝까지 읽는 사람일 것이다.

적당히 사람의 손때가 탄 쿠션들이 의자마다 놓여 있고 창가에는 저마다 다른 모양의 화초들이 햇볕을 빨아들이고 있었다. 벽 모퉁이에는 통기타 한 대가 숨겨져 있었다. 바 카운터 뒤 선반 진열대의 잔들은 무엇 하나 모양이 같은 것이 없었다. 번잡스러운 분위기에는 모종의 질서와 친밀함이 동반했다.

어젯밤의 그 남자는 바 카운터 뒤에 서서 마치 실험실의 연구원처럼 진지하게, 입술을 굳게 다물고 커피콩을 볶고 있었다. 로스팅 기구 옆에는 더치커피 장치가, 바 카운터 위에는 드리퍼, 모카포트, 프렌치 프레스 등의 핸드드립 기구가 나란히 놓여 있었다.

문을 열고 들어가자 안경 너머로 두 개의 깊은 눈동자가 어제 일을 찬찬히 기억하려는 듯이 살갑게 나를 응시했다. 머리카락은 어제보다 더 헝클어져, 흩날리듯 위로 들떠 있었다. 세수를 갓 하고 가게로 나온 듯했다.

그는 아무래도 잠시 가게를 맡고 있던 손님이 아니라 단골손님처럼 편안한 모습으로 있던 주인인 것 같았다. 오늘은 네이비 라운드 스웨터에 진회색 코듀로이 바지를 입고 있었고, 그 옷가지들 역시 오랜 세월 입어온 것처럼 그에게 자연스럽게 어우러졌다.

"안녕하세요, 어제 빌려주신 우산 돌려드리려 왔어요."

"아, 네."

그는 나지막이 대답하며 손으로는 커피콩을 계속 휘저었다.

"정말 고마웠습니다."

우산을 카운터 테이블 위에 올려놓으며 나는 말했다.

그는 소리 없이 공손한 학생처럼 고개를 끄덕였다. 걷어붙인 소매 아래 드러난 팔뚝은 여전히 커피콩을 볶느라 분주하게 움직이고 있었다.

나는 또 한 번 머리를 가볍게 숙인 후 그만 문 밖으로 나가려고 했다. 해야 할 일을 했으니 이제 일하러 가야지. 오늘은 밖에 나온 김에 조용한 장소를 찾아가서 원고 작업을 해야겠다 싶었다.

"저기."

저음의 외마디가 들렸다.

"네?"

그를 향해 뒤돌아보았다.

"괜찮으시다면 커피… 드시고 가십시오."

그는 수줍게 엷은 미소를 띠며 말했다.

그러고선 로스팅 기구의 스위치를 끄고, 틀어둔 음악을 바꾸었다. 내가 무척 좋아하는 빌 에반스 트리오의 〈왈츠 포 데비Waltz for Debby〉였다. 영롱한 피아노 소리가 발걸음을 멈추게 했다.

조용한 음악이 흐르는, 일에 집중이 잘될 것 같은 장소는 멀리 있지 않았다. 다른 손님은 없었고 커피집에는 그 남자와 나밖에 없었다.

"네, 그럼…."

나도 그를 바라보며 고개를 끄덕였다.

그 남자는 내 선택에 흡족하다는 듯이 홀로 미소 지었다. 왠지 낯설지 않은 이곳을 조금 더 탐험하고 알아가고 싶었다.

다시 안으로 들어와 맨 구석에 자리를 잡고 배낭에서 노트북을 꺼냈다. 그리고 바 카운터 앞으로 가서 뜨거운 만델링 커피를 주문했다.

소설 원고를 쓰는 간간이 오고 가는 사람들과 그 남자의 일하는 모습을 몰래 지켜보았다. 남자는 누가 들어오면 작고 또렷한 목소리로 간결하게 "안녕하세요" 한마디 건네거나 고개만 가볍게 끄덕였다.

손님들은 들어오면 각자의 자리를 찾아 앉아 바로 일에 몰두했다. 일을 하지 않는 사람들도 있었다. 턱을 괴고 창밖을 계속 쳐다보거나, 책장에서 책을 꺼내 읽기도 했다. 느긋하게 시간을 보내는 것으로도 보일 수 있겠다.

진짜 직업이 뭔지 잘 모르겠는 사람들도 있었다. 와서 뜨개질만 하다 가거나 손편지를 쓰는 동네 주민도 있었다. 어쨌건 공통점은 자신이 하는 일에 어떤 형태로든

충실하고 주변의 시선을 전혀 신경 쓰지 않는다는 점이었다.

그 남자도 마찬가지로 손님들의 일에 간섭하거나 사교성 대화를 일절 건네지 않는 무심한 주인이었다. 자신이 맡은 일을 군더더기 하나 없는 야무진 몸놀림으로 해낼 뿐이었다.

대신 남자는 틈이 나면 책을 읽었다. 손님이 없을 때면 그는 바 카운터 뒷자리나 빈 테이블 의자에 앉아, 허리를 곧게 세우고 단정하고 반듯한 몸가짐으로 읽던 책을 조용히 다시 집어 들었다.

노트북을 켜고 차분한 마음으로 두어 시간을 내리 원고를 썼다. 글은 무리 없이 쭉쭉 뻗어 나갔다. 중간중간 그가 손수 내려준 커피를 마셨다. 그 남자의 커피는 유행하는 요즘 커피의 느낌이라기보다, 과거에도 있었고 미래에도 있을, 그런 맛이었다.

노트북에서 눈을 떼고 잠시 고개를 들자 그 남자와 눈이 마주쳤다. 그는 내가 이곳에 잘 적응하는지, 마치 물가에 내놓은 어린 소녀를 지켜보듯 잔잔히 지켜보고 있었다.

나무 의자에 엉덩이가 배겼지만, 주인이 만들어낸 섬세하다 못해 예민한 공기가 보기보다 아무나 쉽게 들어갈 수도 나올 수도 없을 것 같은 분위기를 만들었지만, 그 배타성은 어떤 사람들에게는 특별한 소속감으로 다가왔다.

5.

동네의 빛바랜 풍경에 편안하고 익숙하게 녹아드는 그곳
에 자연스럽게 나도 녹아들어, 어느덧 상주하며 집중적
으로 새 소설을 썼다.

아홉 시에 아이를 유치원 버스에 태워 보내면 그 길로
곧장 발걸음을 옮겼다. 그곳에 가면 마음이 놓였고 글은
어찌 되었든 앞으로 나아갈 수가 있었다. 작업을 하던 집
안의 서재 겸 작업실은 방치되었다.

지하철역에서 그의 커피집까지는 천천히 걸으면 십오
분 정도의 시간이 넉넉히 들었다. 걸어가면서 보이는 주
변 풍경은 흥미로웠다. 작은 갓길과 골목 들이 많아서 몇
번을 미로 찾기 하듯 다니면서 가장 좋아하는 경로를 만
들었다.

지하에 있는 연극용 소극장을 지나 그날그날의 점심

정식 메뉴를 칠판 스탠드에 써서 밖에 내다놓는 밥집을 지났다. 문을 일찍 여는 일인 미용실을 지나쳐 빈티지 옷과 액세서리를 파는 가게를 지났다. 마지막으로 식빵 전문 베이커리를 지나고 나면 어린아이들이 할머니나 할아버지 손을 부여잡고 하나둘 모여드는 어린이집이 보였다.

그 아이들을 볼 때마다 내 손을 놓칠 새라 꼭 잡고 어린이집을 다니던 작년과 재작년의 윤재, 어린이집 문 앞에서 엄마와의 이별에 목청껏 울어 나를 곤란하게 만들던 윤재를 잠시 떠올렸다.

지금은 자기가 좋아서 먼저 유치원 갈 차비를 했다. 아이는 그렇게 조금씩 엄마의 손을 덜 타게 된다. 엄마도 하루 이십사 시간 엄마는 아닌 것이다. 엄마도 낮에 혼자 일할 때는 아이의 존재를 점점 편안하게 잊어간다.

나는 그곳에 다 와가면, 자연스럽게 독립적인 존재로서의 '나'로 변할 수 있었다.

시간이 지나면서 이 커피집에는 손님과 관련된 어떤 패턴이 있음을 알아차렸다. 열 시에 오픈하면 인근 직장인들이 출근의 노곤함을 떨쳐내려고 초점 없는 눈으로 하나둘 들어와 가장 진한 커피를 테이크아웃 해 갔다.

오전에 오래도록 머무는 손님은 내가 거의 유일했다. 그 남자는 커피콩을 볶거나 처리해야 할 일들을 해나갔다. 주로 음악 없이 조용히 함께 시간을 보내다가 시계가 정오를 가리키면 남자는 음악을 틀었다. 쇼팽, 리스트, 모차르트, 브람스 등 그날의 날씨에 따라 어울리는 클래식을 틀기도 했고 때로는 보사노바나 재즈를 틀기도 했다.

음악이 흐르면 마치 신호에 맞춘 것처럼 직장인들이 하나둘 점심식사를 하고 문을 열고 들어왔다. 그들은 점심밥으로 배를 채우고 활기찬 모습으로 삼삼오오 테이블을 차지하고 앉아 식후의 수다를 즐겼다. 잠시 커피집이 시끌시끌해지는 유일한 때였다.

그들이 다시 사무실로 돌아가면 커피집에는 한적함이 감돌았다. 점심시간이 지나면 본격적으로 혼자 찾아오는 학생이나 프리랜서 들이 문을 열고 들어와서 각자 즐겨 앉는 자리에 앉아 자기 작업을 시작했다.

가장 바쁜 점심 시간대가 지나면 그 남자는 혼자 카운터 뒤에 붙은 작은 부엌에서 늦은 점심을 차려 먹었다.

프라이팬에 몇 가지 채소를 볶아 밥이나 면에 곁들이기도 했는데, 가끔 음식 냄새가 내가 작업하는 테이블까지 바람을 타고 왔다. 그는 혼자 말없이 신속하게 식사를 마치려고 했지만 손님이 중간에 문을 열고 들어오면 식사는 무조건 멈춰야 했다. 커피를 만들어서 내주고 다시 식사를 하려고 하는데 또다시 손님들이 일제히 몰려올 때도 있었다.

그러다 다시 식사를 할라치면 이미 음식은 차갑게 식어 있었다. 남자는 그래도 음식을 버리는 것만은 피하려는 듯이, 남은 음식을 묵묵히 다 먹고 치웠다.

드물게는 '커피를 마시러' 혹은 '개인 작업을 하러'가 아닌 '이야기하러' 그곳에 오는 이들도 있었다.

가령 오후 두세 시쯤에 심각한 표정으로 들어오는 직장인 두 명으로 이루어진 손님 유형이 있었다. 상사에게 야단맞는 부하 직원이 있는가 하면 팀장에게 일이 돌아가는 방식에 대해 따지는 팀원도 있었고, 서로 거론하지 못했던 갈등을 속 시원하게 꺼내서 조정하려는 부서 팀장들도 있었다.

그들의 격앙되고 예민한 이야기는 가만히 있어도 귀에 쏙쏙 꽂혀 들어왔고 이렇게 난해하고 난감한 세상의 이 야기들을 엿듣고 있노라면, 역시 타인과 함께 자신의 의 지를 조정해 나가면서 일해야 하는 회사나 조직이라는 곳이 만만치 않다는 것을 새삼 실감했다. 그들이 긴장 섞 인 격한 대화를 끝내고 돌아가면 다시 커피집엔 평화가 찾아왔다.

대화로 갈등을 풀려고 오는 사람들이 아닌 '회의를 하 러' 오는 사람들은 대부분 차림새부터 남다른 광고 회사 나 디자인 회사 사람들이었다. 여자들은 대개 머리가 짧 았고 남자들은 옷을 세련되게 입었다. 그들은 낮은 목소 리로 조목조목 의견을 나누면서 커피를 즐기는 여유도 보였다. 출판계 사람들은 그보다는 조금 부산스러웠고 말수도 많았다. 그들의 공통점은 이곳을 정기적으로 찾 는 단골이라는 점일 것이다.

그 외에도 매일 찾아오는 사람들이 있었다. 오전에는 얼음 트럭이 가게 앞에 섰고, 오후에는 우유 트럭이 섰 다. 남자와는 매일 만나는 사이라 그런지 별다른 대화는 없었다.

남자가 필요한 숫자를 말하면 어깨 근육이 단단해 보이는 얼음 아저씨와 눈꼬리가 올라간 우유 아저씨는 그 숫자대로 얼음 봉지와 우유통을 배달하고 인사도 없이 돌아갔다. 다만 택배 아저씨만큼은 항상 같은 사람이 오지는 않았다. 아저씨들의 목소리는 항상 우렁찼지만.

"윤성현 씨, 택배 왔습니다!"

그렇게 그 남자의 이름을 알게 되었다. 자신의 이름이 큰 소리로 불릴 때마다 그는 당혹스럽고 부끄러워하는 것처럼 보였다. 하지만 나는 왠지 그 이름이 조금 마음에 들었다.

6.

　시곗바늘이 오후 한 시를 가리킬 즈음 바흐의 〈평균율 클라비어〉 전주곡이 나지막이 짙게 울려 퍼지고 있었다. 밖의 나무들은 이미 절반이 넘게 빨간색과 노란색으로 옷을 바꿔 입었고 아침엔 잿빛 먹구름으로 가득하던 하늘이 이제는 자주색을 띠었다.

　천둥소리가 한두 번 요란하게 울리자 그 남자와 나는 동시에 고개를 들어 창밖을 내다보았다. 몇 분 후, 더 이상은 참을 수 없다는 듯이 하늘은 부슬부슬 비를 뿌렸다.

　"비가 많이 오네요."

　그것이 성현이 나에게 한 말인 것을 알아차리기까지 얼마간이 걸렸다. 그동안 형식적인 인사와 주문 외에는 따로 개인적인 대화를 나누지 않았기 때문이다. 그는 먼저 불필요한 말을 거는 일이 없는 과묵한 남자였다.

고요한 분위기를 가로지른 그의 목소리에 노트북 자판을 치던 손을 잠시 멈추었다. 갑작스럽게 말을 걸어오니 딱히 뭐라고 대꾸를 해야 할지 알 수가 없었다.

성현은 바 카운터에 서서 책 홀더에 책을 끼운 채 읽고 있었다.

"네, 그러네요."

대화가 거기서 멈추자 우리는 아무 말 없이 천천히 다시 밖으로 시선을 고정했다.

성현이 읽던 책을 덮더니 창가 쪽 테이블에 앉은 내가 잘 들을 수 있게 또릿또릿한 목소리로 물었다.

"차린 건 없지만 점심 여기서 같이 드시겠습니까?"

그는 내가 딱 이맘때 지갑을 들고 나가 인근 밥집에서 점심을 먹고 오는 것을 눈여겨보고 있었던 것이다. 잠시 어떻게 대답을 해야 할까 고민했다. 밖에는 비바람이 몰아치기 시작했고 커피집에는 다른 손님은 없었고 배고픈 두 사람이 있었다.

복잡하게 생각할 이유는 없었지만 그래도….

"네."

머리보다 입이 먼저 제멋대로 대답을 해버렸다. 나의

조금은 주저하는, 수줍은 목소리에 성현은 부드러운 미소를 지으며 나를 안심시켰다. 그리고 소매를 걷고 싱크대에서 손을 깨끗이 씻었다.

성현은 뒷모습을 보이며 남은 찌개를 데우고 두부를 구웠다. 저 아래 숨겨놓은 밥솥에서 강낭콩과 옥수수가 들어간 잡곡밥이 양푼에 담겨 나왔다. 오이무침과 멸치볶음, 소고기가 들어간 매콤한 된장찌개와 방금 노릇노릇하게 구운 두부가 오늘의 점심상에 올라왔다.

"오십시오."

바 카운터 앞의 벤치 의자에 처음으로 그와 마주 앉았다. 그는 내게 나무젓가락을 쥐어주었다.

남자가 직접 차린 집밥을, 남자와 함께 이렇게 가까이 앉아서 마주 보고 먹는 것은 살면서 처음 있는 일이었다. 남자와 마주 앉아 식사를 한 적은 있다. 그러나 그것은 남자가 손수 만들어준 음식은 아니었다.

성현을 가까이서 힐끗 훔쳐보았다. 선이 아름다운 콧날, 꾹 다문 입술, 튀어나온 이마와 뒤통수. 그래서 앞머리와 뒷머리가 늘 조금 위로 들떠 있었나 보다.

"잘 먹겠습니다."

조심스럽게 젓가락을 들고 두 손을 모아 인사했다.

"차린 건 없습니다."

성현은 정말로 때마침 밥이 이 인분 남았고 굳이 혼자 먹을 일도 없으니 같이 먹자고 한, 단순히 그 이유밖에 없는 사람처럼, 처음 함께 밥을 먹는 상대인 나를 전혀 신경 쓰지 않고 평소 혼자 먹는 것처럼 묵묵히 밥을 먹었다.

그는 혼자 밥을 많이 먹어본 사람이 그러하듯이 어깨는 약간 구부정하고 고개는 숙인 채 밥을 먹었다. 언제 손님이 들이닥칠지 모르니 빨리 식사하는 것이 습관이 된 것 같았다.

그는 식사 중에 사교적인 빈말을 하려고도 하지 않았다. 그것이 오히려 상대를 편안하게 배려해주기 위함인 걸 알 수 있었다.

나는 약간 긴장한 상태로 천천히 오물거리며 밥을 먹었지만 밥 속의 큼직한 강낭콩의 구수함에, 찌개의 맛깔남에 절로 마음이 편안하게 풀어졌다.

그사이 밖은 한낮인데도 밤중인 것처럼 어둑어둑해졌다. 천둥과 더불어 번개도 몇 번 번쩍번쩍 스쳤다.

그런 가운데 주인과 손님 관계일 뿐인 한 여자와 한 남
자가 마치 오누이처럼, 혹은 부부처럼 마주 앉아 남은
밥을 먹고 있었다. 지나가는 사람 눈엔 그렇게 보일 게 분
명했다. 한데, 긴장되고 어색한 이런 상황이 한편으로는
무척 자연스럽고 건전한 일인 것처럼 느껴졌다.

　　나 혼자서 자의식에 빠지든 말든 그는 먼저 식사를 마
치더니 그제야 말문을 열었다.

　　"새 작품은 잘돼가고 있습니까?"

　　아….

　　그는 내가 누구이고, 무엇을 하는 사람인지 알고 있었
던 것이다. 얼마간의 시간이 지나서야 나지막이, 그것을
알고 있음을 신중하게 표현하는 그가 사려 깊어 보였다.

　　내 마음 속에 작은 꽃이 하나 활짝 피었다.

　　성현은 그날 함께한 점심 식사 이래, 손님이 별로 없고
작업에 열중하느라 끼니때가 지나면 종종 함께 점심밥을
먹자고 나를 바 카운터로 초대했다.

　　우리는 대개 과묵하게 밥만 먹었지만 점차 이야기를
띄엄띄엄 나누었다. 내가 쓰고 있는 소설 이야기, 그가

읽고 있는 책 이야기, 동네의 인근 가게들에 대한 이야기, 좋아하는 음악에 관한 이야기, 왜 사람을 안 쓰고 혼자서 가게를 운영하는지(일정하고 일관된 커피 맛을 유지하고 싶어서란다)에 대한 이야기 그리고 조심스럽게 손님에 대한 이야기도 했다.

"이 일은 기본적으로 기다리는 일입니다. 누군가를 기약 없이 기다리는, 그런 느낌이 있습니다."

"손님이 많이 와주면 그야 좋겠지만 같은 손님이 다시 오는 것이 전 더 좋습니다."

"이틀에 한 번, 사흘에 한 번꼴로 자주 오시다가 갑자기 어느 날부터 발길을 뚝 끊는 손님들도 계시지요. 갑자기 왜 그러지, 내가 뭘 잘못했나, 궁금해지지 않을 수가 없습니다."

한번은 늘 그랬던 것처럼 어제 먹다 남은 거라고 대수롭지 않게 덧붙이며 점심 식사에 초대했다. 화창하게 햇볕이 잘 드는 날이었다. 날씨가 좋아서인지 그도 뭔가 기분이 좋아 보였다.

돼지고기를 삶겠노라고 했다. 밀크팬에 수육을 집어넣

고 물을 조금 부어서 촉촉하게 다시 삶아냈다. 그는 육즙을 고이 간직한 야들야들한 고기를 썰어 접시에 덜고 채소 절임과 올리브를 곁들여 바 카운터에 올려놓았다.

그리고 밥그릇을 하나 올려놓았다. 사실 그동안 식사하면서 그게 계속 마음에 걸렸다.

"궁금한 게 있는데요…."

"네?"

"밥그릇이 왜 하나만 있어요?"

"왜요?"

그는 오히려 나의 질문이 놀랍다는 식으로 되물었다.

아니, 이건 아이스크림콘 하나를 같이 나누어 먹는 것과 같잖아요…라고 노골적으로 말하긴 뭣했다.

"아니, 제가 밥을 지저분하게 먹으면 죄송해지고…."

말은 그렇게 했지만 나는 최대한 밥을 깨끗하게 먹으려고 애썼다.

"더럽다고 생각하십니까?"

그는 밥그릇에서 크게 한 숟갈 떠 먹으며 담담하게 물었다.

"아뇨, 더럽다기보다(사실 더럽다고 생각했다. 그에게) 다

른 여자분들이라면 조금 놀랄 것 같아서요. 뭔가 오해한
달까, 그러니까 꽤 친밀한 사이라도 밥공기를 같이 쓰긴
쉽지 않으니까요."

말이 자꾸 주저리주저리 길어졌다.

"다른 여자들이요?"

그는 골똘히 생각하는 것처럼 미간을 찌푸리며 잠시
말을 아끼다가 흥미롭다는 표정으로 이어 말했다.

"다른 여자들은 없습니다. 밥 한 그릇에서 같이 먹는
다른 여자는 우리 어머니밖에 없습니다."

그 말에 내가 놀라서 심장이 두근거리는 동안(그럼 왜
나와는 한 그릇으로 밥을 먹는 거죠?), 그는 그렇게 말해놓
고는 내가 먹다 남긴 밥의 마지막 부분(조심하려고 했지만
어쩔 수 없이 밑반찬의 양념을 묻히고 말았다)을 아무렇지도
않다는 듯, 마치 남편이 아내가 남긴 음식을 처리하는 것
처럼 깨끗하게 먹어치웠다.

그 모습을 멍하니 바라보며 나는 처음 느껴보는 형태
의 기쁨으로 연하게 물들어갔다.

7.

글 쓰는 일 외의 다른 일들도 성현의 곁에서 했다.

매체에서 요청한 인터뷰나 편집자 미팅도 모두 그곳으로 잡았다. 다른 지인들과 만날 때에도 가급적 이곳으로 와달라고 부탁했다.

사람들은 대개 친절해서 내가 원하는 대로 해주었다. 특히 주로 이곳에서 작업한다고 말하면 호기심 때문에라도 멀리서 찾아와주었다. 그들도 내가 처음 느꼈던 것처럼 독특하다며 이 공간을 적지 않게 마음에 들어 했다.

"보통 여기서 작업하신다구요?"

기자는 직업병처럼 노골적으로 두리번거렸다.

"집에 작업실이 있긴 하지만…. 여기서는 글이 더 잘 써진답니다."

"여기 분위기 정말 조용하니, 일하기 딱 좋겠네요. 손님들도 다들 열심히 자기 일에 몰두하고 있구요."

정말이지 이곳에서는 큰 목소리로 대화를 나누는 것이 말없이 작업하는 다른 이들에게 미안할 정도였다.

"여기 사장님 참 멋있으시네요. 분위기 있으신데요."

기자가 목소리를 한 톤 낮춰서 말했다. 그 여자도 성현을 그런 시선으로 보고 있다고 생각하니 역겨웠다.

여자들 중 몇몇은 간혹 성현의 존재에 예민하게 반응하며 한마디씩 했는데 그럴 때마다 기분이 좋기도 하면서 나쁘기도 했다. 약속 장소를 여기로 정한 건 분명 나였지만, 상대들이 나와의 볼일을 마치면 어서 그들이 보탠 이질적인 공기와 함께 빨리 사라져주기를 바랐다.

때에 따라서는 이곳에 그들을 부른 것을 후회하기도 했다.

"여기 정말 아늑하네요. 속세와 동떨어진 곳 같아요. 저도 앞으로 이 동네 오면 여기 와서 일할까 봐요."

이렇게 말하면서 오래 뭉개려는 분위기가 보이면 낭패였다.

"여기까지 와주셔서 고맙습니다. 그럼 전 이만 원고 작업 다시 들어갈게요."

이렇게 말해서 사람을 내쫓을 권리는 없었다. 하지만 나만이 아는 곳을 상대가 스쳐 지나는 것이 아니라 머무르려고 하면 언짢았다.

이곳이 내 소유의 장소도 아니건만 뻔뻔하고 이기적인 마음은 어린아이처럼 너무나 유치했다. 점점 그곳을 나의 작은 집처럼 여기는 나 자신이 웃기지도 않았다.

기자든, 편집자든, 친구든, 그들이 돌아가면 마치 외부인들을 내보내고 난, 속 시원한 호젓함이 맴돌았다. 나는 안도의 한숨을 쉬고, 커피를 한 모금 마시고 쓰던 원고로 돌아갔다.

성현도 그 즈음해서 잠시 벗어두었던 안경을 다시 쓰고 자신의 지정석에 앉아 읽던 책을 다시 집었다.

"아까 저희 너무 시끄러웠지요?"

괜스레 그에게 다가가 미안한 표정으로 물었다.

"아뇨, 저는 아무 소리도 못 들었습니다."

자상하게 대답해주는 그에게 아마도 어리광을 부리고 싶었던 것 같다.

"네, 그럼 전 이만 일할게요."

"넵, 힘내십시오."

마치 그는 나의 보호자가 된 것처럼 상냥하게 말했다. 그가 대화 마지막에 슬며시 보이는 미소에는 순수한 아름다움이 깃들었다.

점심때 붐비는 시간이 되면 큰 테이블의 한 자리를 차지하고 있던 나는 몰려드는 손님들에게 자리를 비켜줘야 한다는 생각이 들어 노트북을 들고 바 카운터로 향했다. 카운터 테이블의 모퉁이에 노트북을 올려놓고 그 앞에 있는 벤치로 옮겨 앉아 나는 연이어 작업했다.

성현은 분주히 카운터 안쪽에서 주문받은 커피들을 만들었다. 그는 내가 일부러 영업을 배려하여 카운터 한쪽으로 옮겨 온 것을 눈치채고 있었을 것이다.

기다란 바 카운터는 우리를 갈라놓으면서 동시에 연결해주고 있었다. 이곳은 우리가 함께 밥을 먹는 식탁이자, 담소를 나누는 테이블, 책을 읽고 원고를 쓰는 책상, 휴식을 취하는 소파였다.

반대로 손님이 없을 때 가끔 그는 내가 주로 앉는 중앙의 큰 테이블 대각선 맞은편에 앉곤 했다. 그는 그 자리에서 보통 그날의 조간신문을 한 자 한 자 꼼꼼하게 읽어

내려가거나. 책 받침대에 두꺼운 책을 올려놓고 팔짱을 끼고는 심각한 표정으로 읽었다. 이따금 노트북을 가져와서 무언가 쓰기도 했다.

어쨌든 우리는 한 공간의 저곳과 이곳에서 손을 뻗으면 닿을 거리에 있었다.

다른 손님들이 있으면 조용히 내 일만 했지만 손님들이 없을 때면 우리는 예전보다 자연스럽게 서로에게 다가갔다. 그는 감자나 고구마를 잔뜩 쪄놓거나 과일 따위를 깎아서 카운터 위에 올려놓고 내게 눈짓으로 먹으러 오라고 했다. 그러면 나는 엄마가 오후 간식을 먹으라고 부른 아이처럼 작업하다 말고 쪼르르 건너가 마주 앉아 그가 준비한 건강하고 소박한 음식을 함께 먹었다.

과하지 않은 범위 안에서 서로에게 궁금한 사사로운 것들에 대해 우리는 조용조용 얘기를 나누었다. 성현에 관해 몇 가지를 알게 되었다. 그가 어렸을 때 말수가 정말 적은 어린이였다는 것, 나보다 다섯 살 연상이라는 것, 지금은 혼자 살고 있다는 것, 삼 년 전 이곳을 혼자 운영하기까지 다녔던 한 기업에서 쭉 일했다는 것.

그의 직장 생활 경험에 대해 알게 되자 그가 이곳을 운영하는 방식의 많은 것들이 절로 이해되었다. 무슨 일이 있어도 정해진 시간에 문을 열고 닫는 규칙성, 단정하고 정확하게 선을 긋는 접객 방식, 절제된 몸짓과 품위 있는 언어가 자연스럽게 납득이 되었다.

그렇다 하더라도 그는 자신에 관해 말을 아끼는 편이었다. 하는 수 없이 이야기를 하게 되더라도 요만큼도 자랑을 하거나 부풀리지 않았다. 그 겸손한 모습은 역으로 그에 대해 더 많은 것을 말해주었다.

이곳에 다니면서 한 달 넘게 지내다 보니 보이지 않았던 것들도 선명하게 보였다. 가령 성현이 하는 일이 보기보다 쉽지 않다는 것.

커피집을 혼자 운영하는 일은 어떻게 이어질지 모르는, 하루 열 시간을 꼬박 채우는 육체노동이었다. 매일 아침 같은 시간에 열고, 매일 저녁 같은 시간에 닫았다. 커피콩을 직접 볶아 주문을 받고 커피를 내렸다. 손님이 떠난 자리를 치우고 설거지를 했다.

또 다른 손님이 들어오고 주문을 받고 음료를 만들고

청소를 하고 식자재를 주문했다. 커피콩을 전화나 온라인으로 주문받으면 그것을 포장해서 택배로 부쳤다. 지금 다니는 회사 생활이 괴롭다고 '커피집이나 열까'라고 말하는 이들은 정말 뭣도 모르는 사람들이었다.

성현에게도 물론 컨디션이 안 좋은 날이 있었다. 언젠가는 내가 원고를 쓰다가 한숨 돌리려고 카운터 맞은편에 다가가 앉았는데, 그는 계속 내게 등을 보이며 설거지나 뒷정리를 하는 등 일부러 더 몸을 부산하게 움직였다. 그와 이야기를 나누고 싶었지만 성현은 지치고 굳은 표정으로 무언의 장벽을 치고 있었다. 그 쓸쓸한 모습이 사람을 더 신경 쓰이게 만들었다. 하지만 오늘은 아무런 대화를 하고 싶지 않다는 표현으로 나는 이해했다.

처음에는 그런 냉정한 모습에 상처 받지 않았다고 하면 거짓말이지만 내 이기적인 마음을 충족하기 위해 그에게 감정노동을 강요할 수는 없었다.

돌이켜보면 내가 그렇게 다가가서 그의 시선과 주의를 바랄 때는 자신감이 없는 상태이거나 기분이 안 좋을 때였다. 그를 통해 자존감을 회복하고자 하는 이기적인 속셈이 있었음을 인정한다.

그럴 때는 그가 먼저 그렇게 상태가 좋지 않은 나를 차단해주는 것이 결과적으로 고마운 일이었다. 내가 언제라도 선을 넘어버릴 수 있으니까.

"진상인 손님도 있나요?"
하루는 그렇게 물어본 적이 있었다.
"손님은 다 고마운 존재입니다."
그는 무슨 그런 질문을 하냐는 듯이 나를 쳐다보았다.
"그렇게 말씀하시는 것에 비해선 손님 대하는 게 무뚝뚝하시잖아요."
장난스럽게 내가 쏘아붙였다.
"저 나름의 원칙이 있습니다. 어느 손님에게나 이 집에 처음 온 것처럼 중립적으로 대하는 것이 제 원칙입니다."
그의 접객 방식은 분명 옳았지만 그것이 옳다고 생각할수록, 나는 '중립적'이라는 단어가 서운하게 들렸다. 기쁨만큼이나 깊어지는 서운함과 쓰라림이 위험하다는 것을 당시에는 눈치채지도 못한 채, 그렇게 나는 물들어가고 있었다.

8.

문을 열고 들어서는 순간의 첫 마주침, 그때 그가 나를
바라보는 눈빛이 두렵기도, 설레기도 했다. 입으로는 "안
녕하세요"라고 말하면서도 두 눈은 그를 똑바로 보지 못
하고 시선을 묘하게 피하는 내가 바보처럼 느껴졌다.

성현이 있는 곳으로 나가서 일을 하게 되면서, 나에겐
정말 입을 옷이 마땅치 않다는 것을 발견했다. 얼마나 옷
이 없던지 화가 날 지경이었다. 평소 화장을 잘 안 하던
내가 어느덧 소녀처럼 서툰 화장이라도 하고 있는 자신
을 발견했다.

조금씩 다른 단골손님들과도 얼굴을 익히게 되었다.
영미문학 번역가 석원은 내가 책장에서 이런저런 책을
꺼내서 뒤적거리고 있을 때 처음으로 말을 걸어왔다.

"그 책 괜찮아요."

변성기를 거치지 않은 듯한 높은 톤의 목소리였다.

"읽어보셨나 봐요."

나는 싱긋 웃으면서 대답했다.

"네, 읽어봤지요."

석원은 장난기 가득하게 웃으며 말했다.

"저도 이 작가분 좋아해요. 이번 책도 재밌나 봐요?"

"네, 아주 재미있습니다. 제가 번역했거든요."

그는 이곳이 연 지 얼마 되지 않은 시점부터 단골이었고 아예 여벌의 노트북 한 대를 이곳에 맡겨놓고 출근하듯 다녔다. 점심때가 지나면 늘 엇비슷한 시간에 향수 냄새를 풍기며 문을 열고 들어오는 석원은 커피를 참 좋아해서 앉은 자리에서 적어도 석 잔은 마시고 가곤 했다.

조금 유별난 구석도 있었다. 한번은 그가 내 옆자리에 앉았을 때였다. 그는 어깨에 메고 온 캔버스백에서 지갑과 휴대전화, 다이어리, 펜, 연필, 책받침대 등을 하나하나 테이블 위의 정해진 자리에 세팅하고, 입술보호제와 핸드크림을 꼼꼼히 바른 뒤에야 일에 착수했다. 그는 또한 옷이나 가방, 향수 등 자신의 몸에 걸치는 것에 무척 세련된 취향을 지니고 있었다.

섬세하긴 해도 까탈스러운 남자는 아니었다. 그는 일하다 말고 가끔 같이 잠시 쉬자면서 근래에 자신에게 일어난 일들에 대해 맛깔스럽고 재치 있게 이야기해주기도 했다.

석원의 독특한 존재감은 그곳의 차분하다 못해 엄중한 분위기를 적절히 화사하게 띄워주었다.

집에서 저녁 식사를 마치면 설거지를 한 후 음식물 쓰레기를 버리러 앞치마 차림에 비닐장갑을 끼고 집을 나섰다.

음식물 쓰레기를 버리고 잠시 동네를 한 바퀴 돌 때도 나는 성현의 얼굴을 떠올렸다. 곱슬기 있는 머리카락, 저음의 차분하고 진중한 목소리, 낡았지만 깨끗하게 오래 입은 옷, 아주 이따금 보여주는 허물어질 듯한 미소, 여분의 동작이 배제된 몸의 움직임, 말을 아끼는 과묵함, 그리고 이따금 먼 곳을 바라보는 의연하지만 슬픈 눈빛.

어린 시절의 성현이 쉽게 상상되었다. 침착하고 조숙하고 무리를 짓지 않는 아이. 자신이 상처 입는 것보다 남에게 상처 입히는 것을 더 괴로워했을 아이. 혼자서도 잘 놀았을 아이.

나도 밤에 이렇게 나와 혼자 노는 것을 좋아했다. 깜깜한 밤에 텅 빈 놀이터의 그네를 탔다. 발로 모래 바닥을 차고 높이높이 그네를 타고 허공으로 올라갔다. 치맛자락이 바람결에 펄럭이면서 다리를 간지럽혔다. 그네가 너무 높이 올라가면 숨이 가쁘고 울렁거렸지만 이것은 오히려 마음속의 숨 가쁨과 울렁임을 진정시켜주었다.

별들로 하늘이 뒤덮인 밤에 때마침 달이 부드러운 빛을 발하면 나는 조금 넘치게 사랑이 흐르는, 감상적인 기분에 빠지기도 했다. '발광'이라는 단어처럼 하얀 달빛이 나를 조금 미치게 만들었던 것 같다.

얼마 전, 우연히 그가 이혼했다는 사실을 알고 나서 내 안에서 일었던 복잡하고 쓰라린 감정에 스스로 놀랐다. 의도하지는 않았지만, 촌스럽다는 것을 알면서도 다른 궁금증들이 일었다. 어떤 아내였을까, 미인이었을까, 어떤 일을 하는 여자였을까, 그 여자에게 어떤 남편이었을까….

스스로도 이해할 수 없는 묘한 질투심도 느꼈다. 내가

모르는 세계를 경험한 것에 대한 질투였다. 내가 경험해 보지 못한 이혼을 했다는 사실에, 그가 결혼에 실패했다 기보다 결혼 생활의 선배 같다는 생각이 들었다. 이혼은 결혼 이상으로 강한 감정을 불러일으킬 테고 그런 특별한 감정을 한 여자에게 부딪혔다는 사실에 가슴 한편이 아파왔다.

미움만큼이나 그 전에 존재했을 사랑의 모습도 헤아리게 되었다. 이런 무모한 질투를 느끼는 내가 한없이 서툴게 느껴졌다. 질투라는 감정이 나를 파먹고 있다는 것을 알고, 나 역시도 남편에 대해 함구했다. 성현 앞에서는 나도 그처럼 가족이 없는 한 명의 여자이고 싶었다.

부끄러움을 무릅쓰고 내가 쓴 책들 중에서 두 권을 골라 그에게 선물했다. 그는 감사히 그 책들을 받아 들고 바로 읽어보겠노라고 했지만 그렇게 말하는 순간 나는 스스로를 책망했다.

'이 사람에게 부담을 주고 말았어.'

나는 내가 쓴 책을 누군가에게 먼저 주는 일이 없었다. 책 취향은 개인적인 것이고 책 선물은 상대의 취향에 개

입하는 일이기 때문이다. 특히나 그것이 나의 책일 때는 읽으라고 강요하는 것처럼 느껴질 수 있으니 더더욱 내 책을 선물로 주는 일은 민망했다. 게다가 나의 책은 그의 독서 취향으로 보면 조금 가볍지 않을까 걱정되기도 했다.(그는 요즘 같은 시절에 두꺼운 러시아 고전문학선집을 읽었다.)

성현처럼 자신의 삶의 방식에 뚜렷한 지침 같은 것을 가진 사람은 책을 엄청 가려 읽을 것이 분명했다. 하지만 막상 충동적으로 책을 선물하고 나서는 그가 그 책들을 정말로 읽을지, 책을 읽고 나에 대해서 어떻게 생각할지 궁금해졌다.

그런 소심한 신경을 쓰고 있는 스스로를 지켜보면서 역시 구차하게 책을 선물한 것을 후회하고 또 후회했지만, 결국 나의 바람은 매우 단순했다. 그것을 읽고 어떻게 생각하든 사실 중요하지 않았다. 그저 내가 쓴 글을 그 사람이 몸소 읽어주기를 바라는 것이 나의 가장 솔직하고 진실한 바람이었다.

9.

흐름이 끊기고 집중하는 데에 방해되기 때문에 장편소설을 쓰는 동안에는 가급적 다른 일을 만들려고 하지 않았다. 다만 도서관에서 주최하는 강연만큼은 예외였다. 그것만은 마다하지 않고 기꺼이 받아들였다. 어렸을 때 도서관에서 오랜 시간 책을 읽으면서 보낸 추억이 많아 그에 대한 보답을 하고 싶었다.

그날 저녁엔 한 구립 도서관에서 강연이 잡혀 있었다. 직장인들을 고려해 저녁 일곱 시가 넘어 시작한 강연이었다. 끝나고 나니 아홉 시가 훌쩍 지나 있었다. 질의응답 시간이 원래 잡아놓았던 삼십 분을 훨씬 넘겨 진도 많이 빠진 상태였다.

도서관의 담당 사서가 차 한잔 하고 가라고 초대했지만 거절했다.

"아이가 안 자고 기다려서 빨리 들어가 봐야 할 것 같아요."

한층 더 쌀쌀해진 날씨 속에 길 한복판에서 발을 동동 구르다가 겨우 십여 분만에 택시를 잡았다. 택시에 타자 마자 휴대전화를 꺼내 문자메시지를 보냈다. 손이 얼어서인지 흔들리는 차 안에서 손가락이 자꾸 자판에서 미끄러졌다.

— 일은 이제 끝났고 담당자와 차 한잔 하고 갈게요.

남편에게 문자메시지를 전송했다. 답신이 바로 왔다. 그는 아마 아이에게 텔레비전을 틀어주고 자신은 소파에 누워 휴대전화를 만지작거리던 중이었을 것이다.

— 어, 애는 내가 재울 테니 천천히 들어와.

잠시 액정을 물끄러미 바라보다가 전원을 꺼버렸다. 그리고 몸을 앞으로 숙여 줄무늬 셔츠를 입은 초로의 택시 기사에게 다른 행선지를 알렸다.

창밖 거리의 야경을 바라보면서 짧은 한숨을 내쉬었다. 나는 언제부터 이렇게 거짓말을 편안하게 잘하는 여자가 되어버렸을까.

고요한 이 밤, 그곳에 가고 싶어졌다. 비 오던 그날 밤을 다시 한 번 기억하고 싶었다. 노란 불빛 너머 아늑한 어둠 속에서 혼자 앉아 소설책을 읽던 성현의 모습을 너무도 다시 보고 싶었다.

그에게 택시에서 내리는 모습을 정면에서 보여주고 싶지 않아 오 미터 정도 못 가서 택시에서 내렸다. 담벼락 등불을 향해 걸음이 빨라졌다. 찬바람에 뺨이 빨갛게 달아올랐다. 갈망과 긴장으로 목이 메었다. 심장이 기쁨과 설렘에 소리치고 있었다.

문을 천천히 열고 들어섰다. 밤의 커피집은 낮에 왔을 때와는 다른 은밀한 분위기로 가득 차 있었다. 낮은 채도의 은은한 불빛, 짙게 맴도는 재즈, 모든 것이 낮과는 또 다른 나른함과 아스라함을 풍겼다.

성현은 그날 밤 입었던 갈색 카디건을 입고 같은 자리에 앉아 부드러운 조명을 받으며 다른 책—폴 오스터의 『겨울 일기』—을 읽고 있었고 반대편 구석 자리에 커플로 보이는 젊은 한 쌍이 유일한 손님으로 있었다.

수줍어하면서 문을 여는 나를 발견하자 그는 눈을 반짝거리며 일어서더니 바 카운터 뒤에 가서 손님을 맞이하는 자세로 허리를 꼿꼿하게 펴고 섰다. 물론 그는 이 시간에 웬일로 왔느냐고 묻지 않았다. 그저 고개를 살짝 끄덕이며 나의 존재를 확인할 뿐이었다. 더불어 그의 눈빛에는 그 존재에 대한 찬사의 감정이 담겨 있었다.

마치 에릭 클랩튼 〈원더풀 투나잇Wonderful Tonight〉의 "당신 오늘 근사해 보여요, 당신은 오늘 밤 아름다워Yes, you look wonderful tonight"라는 가사처럼.

나는 아이보리 터틀넥 니트에 베이지 울 팬츠를 입고 무릎까지 오는 갈색 부츠를 신고 있었다. 어깨까지 내려오는 긴 머리는 그대로 풀어서 늘어뜨리고 회색과 아이보리 아이섀도를 발라 눈매를 강조하고 입술에는 살구색 립스틱을 부드럽게 펴 발랐다.

평소와는 많이 다른 모습이라는 것을 누구보다도 내가 잘 알고 있었다. 당장 내일 아침 맨 얼굴에 후드티와 청바지를 입고 다시 나타난다고 해도 오늘 밤, 아주 잠시라도 지금 이 순간의 내 모습을 그에게 보여주고 싶었다.

내 모습이 마음에 든 날, 그를 만나고 싶었다.

"어서 오세요."

말이 없는 성현은 따스한 눈빛으로 나를 바라보며 미

소 지었다. 그 인사는 마치 '잘 돌아왔어'라고 말해주는 것만 같았다. 가늘게 떨리던 가슴이 조금씩 안정을 찾아 갔다.

"일하고 오신 겁니까?"

그는 웬만해서는 직접적으로 무엇을 표현하는 법이 없었다. 평소와는 다른 차림새를 의식한, 그만의 수줍은 감탄의 표현이었다.

성현은 음료를 주문받는 대신, 내가 좋아하는 스탠 게츠와 주앙 질베르토가 부른 보사노바 〈코르코바도 Corcovado〉로 배경음악을 바꿔 틀었다.

Quiet nights of quiet stars

고요한 별들의 고요한 밤들

quiet chords from my guitar

내 기타에서 울려 퍼지는 은은한 화음들

floating on the silence that surrounds us

우리를 감싼 평화로움 위를 떠다니네요

Quiet thoughts and quiet dreams

차분한 생각과 조용한 꿈들

quiet walks by quiet streams

평화로운 개울을 따라 걷는 조용한 발걸음들

and a window that looks out on Corcovado

그리고 코르코바도가 보이는 한 창가

Oh, how lovely

오, 얼마나 사랑스러운가요

This is where I want to be

이곳이 내가 있고 싶은 곳이죠

Here with you so close to me

당신과 함께 아주 가까이

　실내의 간접조명 탓에 성현의 얼굴에는 그림자가 조금
더 깊게 드리워졌다. 노래 탓인지, 그는 낮에 볼 때보다
더 다정하고 쓸쓸해 보였다.
　나는 바 카운터 앞 벤치에 앉아 편하게 엎드려서 음악
에 귀 기울이고 있었다. 중요했던 것은 오로지 한 공간에
이렇게 같이 있는 것, '당신과 함께 아주 가까이' 있는 것,

그리고 두 사람의 몸을 가능한 한 가까이 두는 것이었다. 그것은 그간의 피로와 긴장을 풀어주고 기력과 약간의 흥분, 살아가는 의미까지도 충전해주었다.

성현은 내가 보지 못한 사이, 우유를 따뜻하게 데워서 말없이 내주었다. 머그잔에 한가득 따라준 후, 남은 소량을 자기 컵에 따랐다.

입술에 묻은 우유 거품이 달콤했다.

"밤에 푹 잘 수 있을 거예요."

우리는 카운터를 사이에 두고 마주 앉아 아무 말을 하지 않아도 편안했다. 생각해보면 두 사람 다 원래 말이 많은 편도 아니었다.

어쨌거나 일 미터 이내로 몸을 가까이 머물게 하는 것, 그를 마주하고 그의 주변에서 맴도는 것이 내가 갈망하던 것이었다.

마지막 커플 손님이 가게 문을 나서자 그는 천천히 일어나서 가게를 닫을 준비를 했다. 각 테이블마다 돌아다니며 테이블 위를 행주로 훔치고, 헝클어진 쿠션을 제자리에 놓고 밀린 설거지를 하기 시작했다.

"제가 뭐 도와드릴 게 있을까요?"

조심스럽게 물었다.

"아뇨, 쉬고 계십시오. 끝나고 택시를 잡아드리겠습니다."

문을 닫는다고 나가달라고 하지 않는 것만으로도 고맙게 생각했다. 어떻게든 같이 있는 시간을 지연하고 싶었다.

내가 도울 수 있는 일도 있었다. 나는 몸을 일으켜 통유리창의 블라인드를 하나하나 줄을 잡고 내렸다. 지나가는 사람들이 그와 내가 함께 있는 모습을 볼 수 없기를 바랐던 것 같다. 단둘만 있는 닫힌 공간으로 어서 빨리 만들고 싶었던 것 같다. 그런 무의식의 발동에 부끄러운 기분이 들었다.

문 옆의 마지막 블라인드를 내릴 때쯤 등 뒤에서 인기척이 느껴졌다. 성현이 바로 뒤에서 두 팔을 벌려 내 몸을 감싸 안듯 블라인드 줄을 잡아당겨 내렸다.

"여기서부턴 제가 하겠습니다."

몸이 그에게 닿을락 말락 하자 나는 숨을 죽이고 가만히 서 있었다. 그의 숨소리가 귓가를 간지럽혔다.

여기서 몸을 움직이면 그가 나를 뒤에서 안아버리는 모양새가 되었다. 거기서 뒤돌아서서 그에게 와락 안길 수도 있었겠지만 차마 그렇게는 못했다.

그는 내가 함부로 할 수 없는 사람이었다. 오히려 그 앞에서 나는 무릎에 힘이 빠지듯 한없이 약해졌다. 그런 내가 결코 싫지 않았다. 내가 약해질 수 있는 상대가 있다는 것은 고통스럽지만 행복하기도 했다.

폐점 시간인 열 시에서 십여 분이 지나고 그는 가게 정문을 닫고 열쇠로 잠갔다.

"조금 걸어 나가서 같이 택시 잡아드리겠습니다."

그는 구석에 두었던 네이비 코트를 걸치며 말했다.

"아뇨, 저 지하철 타고 갈 거예요."

"그럼 제가 지하철 입구까지 모셔다 드리겠습니다."

우리는 몸을 웅크리며 작은 후문을 통해 밖으로 나갔다. 배웅을 마다해야 할 텐데, 그는 나보다 훨씬 피곤할 텐데, 나는 거부하지 않는 어리광을 택했다.

그는 경쾌한 보폭으로 걷기 시작했다. 늦가을과 초겨울의 경계에서 밤공기는 한층 더 냉랭했다.

나는 가방에 넣어 온 빨강과 초록 체크무늬 머플러를 꺼내 목에 둘둘 말며 그와 보폭을 맞추려고 서둘러 걸었다. 그는 지하철까지의 샛길을 아는 듯 어두컴컴한 골목길로 나를 인도했다.

그가 가로등불이 환한 큰길이 아닌 샛길로 구불구불 가는 것이 기뻤다. 그 길은 내가 아침에 걸어오는 경로와 거의 같았다. 다만 가게 문들은 모두 닫혀 있었다.

어둑어둑한 동네 길을 같이 걷다가 우리는 이따금 팔이 부딪히기도 했다. 조금 추웠지만 기분 좋은 밤 산책, 하늘 위에 환하게 뜬 초승달 빛이 우리의 몸속을 통과했다. 주변에 인기척도 없고 지나다니는 차도 없었다.

불쑥 팔을 뻗어 나는 성현의 손을 잡았다. 그는 나의 갑작스러운 행동에 잠시 놀라는 것처럼 보였지만 아무 일도 일어나지 않았다는 듯이 잡힌 손을 놓지도 않았다. 나는 손가락을 꼬물꼬물 움직여서 이번에는 그의 손가락에 깍지를 끼고 다시 꼬옥 움켜쥐었다. 그렇게 그의 손바닥과 나의 손바닥을 뜨겁게 밀착했다.

"손이 차요."

따뜻할 거라고 상상했던 그의 손은 차갑고 건조했다.

"하루 종일 물을 만지니까요."

그는 고개를 옆으로 돌려 나를 쳐다보며 나지막이 말했다.

그의 눈동자는 상냥한 빛을 띠고 있었지만 그 안의 생각은 잘 읽어낼 수가 없었다. 그저 하루 종일 물을 만지는, 그런 노동하는 손에 내 손의 온기가 조금이라도 전달되기를 바랐다.

큰길로 나와 사람들이 하나둘 보이기 시작하자 나는 조용히 그의 손을 놔주었다. 당돌하고 비겁했던 나의 손. 그러나 다 큰 어른인 두 사람은 아무 일도 일어나지 않은 것처럼 태연하게 굴었다.

"그럼 조심히 들어가십시오."

지하철 입구에 다다르자 성현이 내게 인사했다.

불쑥 여기서 헤어져야 하다니, 나는 갑자기 밑도 끝도 없는 심통이 나서 작별 인사를 나누기가 싫었다. '네, 이만 갈게요'라는 당연한 말이 입 밖으로 나오지 않았다. 그와 그냥 이대로 헤어지기가 싫었다. 이게 다 그의 손을 잡아버린 나의 손 탓이었다.

"저, 생각이 바뀌었어요. 여기서 그냥 택시 타고 갈래요."

나는 속을 훤히 드러냈다.

왜 그토록 그를 귀찮게 하고 애먹이고 싶었는지. 어떻게 해서든 조금이라도, 단 몇 분이라도 한 남자와 같이 있고 싶은 간절한 마음이 한 여자를 이토록 유치하게 만들었다.

성현은 나를 곁눈질로 흘겨보는 척하면서 슬며시 웃었다.

"알았습니다."

나는 고개를 숙여 빨개진 얼굴을 숨기려고 애썼다. 성현은 길가로 몇 발짝 나가서 택시를 잡으려고 애썼지만 빈 택시는 여간해서 잘 오지 않았다.

나는 오가는 택시에 '빈차'라는 빨간 불이 안 켜진 걸 확인할 때마다 조금이라도 시간을 지연할 수 있다는 생각에 기쁨이 차올랐다. 하루 종일 일하느라 피곤한 사람을 빨리 집으로 돌려보내기는커녕 잔머리를 써서 오래 붙잡아두려는 여자가 말할 수 없이 한심했지만 그녀의 이기적인 충동을 억제할 수가 없었다.

성현은 늘 나보다 더 여유가 있어 보였다. 그는 조금도 화내거나 조바심을 내거나 당황하지 않았다. 그건 마침내 택시가 와서 그가 나를 태운 후 문을 닫아줄 때 우리가 나눈 눈 맞춤에서 알 수 있었다.(그의 눈을 똑바로 보려면 언제나 항상 큰 용기가 필요했다.)

그는 그날 밤 나의 모든 짓궂은 행동을 용서하고 있었다. 다 큰 어른 두 사람이 아니라, 한 사람은 어른이고 한 사람은 그 앞에서 어쩔 줄 모르는 어린아이 같았다. 나를 초라하게 만드는 그의 그런 여유가 한편으로는 원망스럽고 미웠다.

택시를 타고 오면서, 아까 용기 내서 그의 손을 잡았던 비현실적인 기억이 뇌리 속에서 반복되었다. 나도 애초에 그럴 의도는 아니었을 것이다. 하지만 인생에는 종종 마가 끼었다. 큰일 났다 싶으면서도 사람은 본능적으로 자신이 원하는 일을 해버릴 때가 있다. 나중에 후회할지도 모르지만 후회마저도 달콤할 것이다.

손바닥이란, 손가락이란 또 얼마나 예민한 몸의 기관인가. 그의 거칠거칠하고 차가운 손가락의 감각이 택시 안에서도 여전히 남아 있었다. 집에 도착해 도어록 비밀 번호를 누르는데도 남아 있었고, 화장을 지우고 샤워를 하는데도 남아 있었고, 윤재를 목욕시켜 토닥토닥 두드려 재울 때까지도 남아 있었다.

비로소 혼자가 된 늦은 밤, 나는 아들의 침대에서 그 감촉 그대로 나의 손가락으로 내 몸을 부드럽게 위로했다. 나에게는 깊고 따뜻한 위로가 필요했다. 죄책감만큼 기쁨이 밀려왔다.

10.

윤재가 아기였을 무렵 남편에게 놀아달라고 보챌 때 남편이 교묘하게 거부하거나 내빼는 모습을 보면 마음이 찢어졌다. 남편은 윤재를 아끼고 사랑했지만, 그저 늦게까지 일하다가 와서 너무 피곤해서 그랬던 거라고는 하지만.

"윤재 어머니, 그래도 그건 나름 애쓰는 아빠예요. 어떤 아이들은 아예 포기해서 자기 아빠한테 먼저 놀자고 다가가지도 않아요. 그래도 아이가 놀자고 아빠에게 보챈다는 것은 같이 놀아줄 가능성이 있어서 그런 거라니까요."

윤재의 어린이집 선생님은 나의 지나가는 푸념에 그렇게 위로했다.

남편이 내게 우리가 몸이 썩 잘 맞는 편이 아니라고 말했을 때에도 마음이 찢어졌다. 정적 속에서 남편만 계속해서 말하고 있었다. 나는 아무 말도 할 수 없었다.

"사실 너와 자는 게 아주 즐겁지는 않아."

한편으로는 그런 진실을 말할 수 있는 솔직함이 신기하기도 했다. 사실적이고 건조한 것을 다뤄야 하는 그의 직업 때문일 수도 있겠다.

그는 누차 진지하게 그것은 내 잘못이 아니라고 말했다. 타고난 몸의 문제라며 그걸로 인해 그와 나의 관계가 달라질 일은 없을 거라고 강조했다.

"그러니까 네가 원할 때 언제든지 말하면 돼."

이것은 바꿔 말하면 그가 먼저 내게 말할 일은 없을 거라는 뜻이었다. 그의 담담한 '즐겁지 않다'는 고백에 지금보다 어렸던 그때의 나는 줄곧 어깨를 가늘게 떨면서 울먹거렸다.

한편으로는 답이 없어 보이는 문제에 대한 방법을 모색하는 것이었는데도 왜 그리 서글프고 실망스러웠는지 모르겠다. 남편은 자신의 진심을 말해놓고 후회하지 않았지만, 내가 이렇게 울 거라고는 생각지 못했을 것이다. 또, 나를 달래려고 애쓰는 일이 이렇게 힘이 들지는 몰랐

을 것이다. 한숨을 짧게 내쉬며 남편이 다시 천천히 말을
반복했다.

"너와 내가 먹는 취향 완전히 다르지?"

겹치는 것은 일부 한식밖에 없었다. 외식할 때마다 어
느 한쪽이 양보해야 했다.

"응."

"너랑 나, 책 취향도 완전히 다르지?"

서점에 함께 가도 늘 다른 곳에 가 있다가 다시 만났
다.

"응⋯."

"이것도 마찬가지야. 그 누구의 잘못도 아니라는 말이
야. 특히 당신은 아무 잘못이 없어. 내가 맞추면 되는 부
분이야."

아무 잘못이 없다는 말은 내가 어떻게 할 수 있는 여지
가 없다는 뜻이었다.

"결론은 당신이 원하면 나는 언제든지 응할 거라는 거
야."

이것 또한 '당신이 알아서 해' '당신이 선택해'와 같은
텅 빈 말이었다.

물론 꼭 여자가 섹스에 있어서 수동적일 이유는 없었다. 그러나 상대가 원하지 않는 일을 내가 원한다는 이유만으로 요구할 수 있을까. 아니, 상대가 원하지 않는 일을 애초에 내가 원할 수 있을까. 막상 입을 열어서 내 욕구를 말하는 순간 그 욕구는 사라지고, 대신 왜 내가 먼저 말해야 하는지에 대한 분노 어린 의문으로 가득 차지 않을까. 하기 싫은 사람을 붙들고 억지로 할 수 있는 사람, 하고 싶어지는 사람은 도대체 어떤 종류의 사람일까.

몸과 마음이 서늘해지고 굳어갔다. 이따금 생리가 시작하기 전 호르몬의 작용으로 성욕이 솟구칠 때면 '원할 때 언제든지 말하긴'커녕 남편에게 답이 안 나오는 시비를 걸었다.

'왜 당신이 먼저 원하지 않는 거야….'

하기 싫으니까, 라는 속에 있는 대답을 알기에 차마 대놓고 물어보지도 못하고 밑도 끝도 없이 눈물만 뚝뚝 흘렸다. 이 일은 '소금 좀 건네주세요'처럼 상대에게 기계적으로 요구해서 받아낼 수 있는 성질의 것이 아니었다.

남편과 나는 섹스만큼 부부 싸움도 하지 않았다. 혹은 부부 싸움을 하는 만큼만 섹스를 했다. 울먹거리다 보면 그와 언쟁이 벌어졌다. 이내 내가 무모한 말싸움을 포기하고 억울함과 서러움에 울부짖으면, 남편은 나를 뒤에서 껴안고 내 배와 가슴을 어루만지며 얼렀다. 그가 만질수록 나는 조금씩 울음을 그쳐갔지만 분은 완전히 가시지 않았다.

나는 지칠 만큼 울어야만 직성이 풀렸고 울음을 그치면 남편은 약속이라도 한 것처럼, 치과에서 아이에게 막대 사탕을 보상으로 주듯, 내 옷을 하나둘 벗겼다. 때로 웃옷은 놔둔 채로 하의만 벗기기도 했다.

이미 지칠 대로 지친 우리는 체념하며 메마른 채로 구슬프게 몸을 섞었다. 그래야만 이 갈등이 마침내 끝난다는 것을 두 사람 다 익히 경험을 통해 알고 있었기 때문이다. 이렇게 섹스 문제는 섹스로밖에 풀 수 없다는 아이러니에 늘 항복하고야 말았다.

화해를 하기 위해 남편과 나는 서로에게 일부러 거칠게 굴었다. 할퀴고 으르렁대는 암수 동물처럼 상대에게 약간의 신체적인 고통을 가하기도 했다. 동물이 되어서야 우리가 인간이라는, 되지도 않는 가면을 쓰면서 상대를 괴롭힌 것을 반성하는 시늉이라도 할 수 있었다.

11.

"저랑 같이 영화 보러 가요. 다음번 쉬시는 날에요."

영화에 관한 이야기를 나누다가 엉겁결에 속삭이듯 성현에게 말해버렸다. 이런 용기는 어디서 나는지 모르겠다. 내 책을 선물했을 때와 비슷한 후회가 밀려왔다. 속으로 깊은 탄식을 삼켰다.

"저도 가끔은 혼자 보는 게 지겨워서요."

애써 말을 덧붙여보았지만 스스로가 더 구차하게 느껴졌다. 말을 뱉어놓고 후회하고의 연속. 사람이 이토록 갈수록 우스워질 수도 있단 말인가.

"좋습니다."

전전긍긍하는 나와 달리 그는 예상외로 가볍고 담백하게 승낙을 했다.

영화관은 그와 내가 함께 갈 수 없는 장소였기 때문에

둘이서 더 가고 싶었다. 하지만 막상 닥치니 과제처럼 느껴졌다.

성현과 처음으로 밖에서 만날 것을 생각하니 걱정이 되었다. 다른 사람들이 우리를 알아볼까 봐 그런 것이 아니다. 평소 우리가 함께 머무는 장소가 아니다 보니 둘 사이의 분위기가 어색할까 봐, 무엇보다도 밖에서 만나면 그가 다른 사람처럼 보일까 봐, 좋아했던 그의 아우라가 사라질까 봐, 거기에 내가 실망할까 봐 나는 걱정을 했던 것이다.

내가 영화를 고르겠다고 한 것도 후회스러웠다. 이런 애매한 관계로 처음 같이 볼 영화를 고르는 것은 너무나 어려운 일이었다. 너무 야해서도 안 되고 너무 멜로드라마 같아도 곤란하고, 액션 어드벤처나 블록버스터처럼 너무 현란하거나 신나도 무드 없고, 그렇다고 절절하고 어두침침하게 기분이 가라앉는 것도 난감했다.

감정을 말랑말랑하게 해줄 수 있는 적당한 서정성과 처음으로 영화를 같이 보는 부담을 덜어줄 수 있는 오락성이 적절히 배합되어야 했다. 너무 건조해도 안 되고, 너무 질척해도 속이 빤히 보였다. 다행히 그 모든 악조건에 해당하지 않는, 적당한 영화가 마침 있어 늦은 오후 시간으로 예매했다.

약속한 장소로 만나러 가는데 가슴이 두근두근 뛰었다. 젊은 연인들의 흔한 데이트 장소인 영화관에서 성현과 조우하는 일은 무척 쑥스러웠다.

그가 먼저 나와 있었다. 두 명분의 커피를 가지고 나를 기다리고 있었다. 얼굴을 똑바로 쳐다볼 수가 없었다.

"오래 기다리셨어요?"

어색하게 고개를 숙이며 그에게 말을 건넸다. 그러고선 나는 바로 여자화장실로 도망쳤다. 영화가 시작하기 직전까지 거기서 거울 속 발그레해진 얼굴만 쳐다보고 있었다.

이윽고 영화가 시작하고 우리는 나란히 앉았다. 나는 도저히 영화에 편안하게 몰두할 수가 없었다. 그간 나에게 영화란 아이와 함께 보는 디즈니만화영화이거나, 가끔 혼자서 빈 시간에 보러 오는 영화 정도였다. 남편은 집에서 편하게 누워서 뒤늦게 영화를 찾아보는 것을 좋아했다.

좋아하는 남자와 영화를 보러 온다는 것이 이런 기분이었지. 간간이 그가 영화를 보고 있는 옆모습을 힐긋 훔쳐보며 나는 그의 그림자 진 옆얼굴의 아름다운 곡선을 사랑한다고 생각했다. 한껏 긴장했던 몸에 힘이 빠지는 느낌이었다.

영화가 절반가량 지났을 무렵 나는 왼손을 뻗어 그의 오른손을 용기 내서 잡았다. 설명하기 힘든 무언가가 내 자존심 따위는 이미 삼켜버린 지 오래였다.

나는 영화 초반 내내 신경이 오로지 왼손으로 쏠려 있었다. 그는 이번에도 내 손을 놓지 않았다. 그의 손은 여전히 건조하고 차가웠다. 설사 그가 손을 뿌리치지 않는다 해도 영화가 끝나 자막이 올라가고 불이 다시 켜지는 순간 두 사람은 누가 먼저랄 것도 없이 손을 놔야만 했다.

나는 불이 켜지기 전 마지막 순간까지 손을 놓고 싶지 않았고, 또 놓지 않았다.

영화를 보고 밖으로 나오자 어느새 칠흑 같은 밤이 되어 있었다. 저녁부터 내린다던 보슬비가 내리고 있었다. 영화가 끝나고 나니 뭔가 숙제를 다한 듯 후련한 기분이

들었다. 아까보다는 훨씬 덜 어색했다. 밤이라는 시간이 우리를 포근히 감싸고 있었으니까.

성현은 검정 장우산을 펼치며 내 머리 위에 씌워주었다. 나는 일기예보를 확인했지만 일부러 우산을 가지고 오지 않았다. 우리의 몸은 서로에게 더 가까이 다가갔다. 그에게서 커피 냄새가 났다. 나는 그와 늦은 저녁을 먹거나 커피를 마시러 어딘가에 가고 싶었지만, 사실 둘이서 다른 곳으로 커피를 마시러 간다는 것은 생각해보면 조금 묘한 일이긴 했다.

이런 복잡한 생각을 머릿속으로 혼자 하고 있는데 성현이 단호한 어조로 말을 꺼냈다.

"차 잡는 데까지 데려다드릴게요. 오늘도 택시 타실 거죠?"

영화를 보자고 한 것은 말 그대로 그에게는 영화를 보는 일을 하는 것이었다. 영화 후, 라는 것은 그의 예정에는 없다는 것을 단호하게 암시하는 말에 가슴 한쪽이 비수에 찔리듯 아파왔다.

나를 어서 집에 보내버리려는 그가, 나를 더 이상 붙잡지 않으려는 그가 밉고 원망스러웠다. 그 와중에도 어떻게든 그와 오래, 더 같이 있고 싶다는 생각에만 집중했다.

택시 타는 곳까지 걸어가는 동안에도 비는 계속 부슬부슬 내렸다. 곧 다가올 이별이 기분을 처지게 하는 바람에 이제 포기하듯 아무 생각도 하기가 싫어졌다.

설상가상으로 택시는 기다렸다는 듯이 내가 가장 싫어하게 된 빨간 '빈차' 사인을 밝히고 곧바로 우리 앞에 서면서 길가에 고인 구정물을 사정없이 튀겼다.

택시 문을 닫으며 기사에게 행선지를 말했지만 나는 창밖으로 그와 작별 인사를 나눌 자신이 없었다. 창 너머로 세련되고 어른스럽게 마지막 인사를 나눌 수도 있었지만, 도저히 비루하고도 굳은 내 표정을 그에게 들키고 싶지 않았다. 하지만 오히려 그래서 더 속마음을 들켜버렸다.

그는 내가 조금 화가 났음을 알고 있었지만 단호하게 자신의 의지를 굽히지 않았다. 앞만 바라보는 나를 태운 채 택시는 곧바로 출발했다. 택시가 출발하자 그제야 몸을 비틀어 뒤를 돌아보았다. 그는 부드러운 표정으로 검정 우산을 들고 서서 택시를 계속 쳐다보며 한쪽 손을 들어 가볍게 흔들고 있었다.

  그의 표정이 부드러울수록 나에겐 그것이 더 짓궂게 느껴졌다. 그가 나의 마음을 다 알고 있었기에 더더욱 약이 바짝 올랐다. 그러나 마지막에는 항복의 미소를 짓지 않을 수가 없었다.

  속상하고 아쉬운 만큼 그날 밤 나는 벅차게 행복했음을 알았다. 그 안타깝고 서운한 감정들로 인해 성현을 그만큼 좋아하고 있다는 사실을 역설적으로 깨닫게 되었다. 병과 약이 똑같이 한 사람에게서 나오다 보니 어떻게 해야 할지도 몰랐고, 어떻게 할 수도 없었다.

  하지만 그 어쩔 수 없음조차 나는 사랑했다.

12.

글 쓰기에 좋은 작업환경을 따지면서 그걸로 글이 써지네 마네를 논하는 것은 글쟁이의 자세가 아닐 것이다.

성현과 가까이 맞닿아 있고 싶어서, 그가 있는 곳으로 향하는 나 자신을 인정해야만 했다. 그와 한 공간에 같이 있고, 원하면 손 닿을 수 있는 거리에 있고, 그가 성실하게 일하는 모습을 바라볼 수 있고(성실하다는 것은 무척 섹시하다고 생각했다), 도중에 일을 쉴 때 그와 대화를 나눌 수 있는 것이 좋았다.

몸을 맞대지 않아도, 각자 다른 일을 하더라도 물리적으로 한 공간에서 함께 지내는 것은 몸 안의 세포를 하나하나 부드럽게 어루만져주는 감각적인 충족감을 주었다. 같이 살지 않아도 이렇게 거의 매일 시간을 함께 보내니 한동안 보지 못하면 마음보다 몸이 먼저 그의 부재를 감지해서 그리워했다. 가령 그가 미소 지을 때마다 생기는 눈가의 작은 주름이라든가.

   내가 오랜만에 가면 성현은 어린아이처럼 해맑게 미소 지으면서도, 대놓고 앞에선 못하고 몸을 돌리며 고개를 숙였다. 하지만 나는 그 표정을 다 알아볼 수 있었다. 눈가와 입가에 순간의 행복감이 퍼지는 모습을.

   이런 불온한 생각들이 티가 날까 봐 그곳에서 나는 더 열심히 몰두해 소설을 썼고 귀가해서는 육아와 가사에 최선을 다했다. 남편에게도 가급적 상냥하게 굴려고, 잘해주려고 노력했다. 그가 출장을 가면 내가 먼저 안부 전화를 하기도 했다.

   손님이 없는 동안 그가 읽는 책이 무엇인지 훔쳐보고 그가 읽은 책을 나도 집에 가서 주문해 품에 끼고 읽어보았다. 서재에는 점점 남편의 책보다 내 책이 늘어갔다.

   성현이 다른 손님들과 조곤조곤 대화를 나눌 때면 나도 모르게 숨을 죽이며 귀를 쫑긋 세웠다. 그가 보았다는 영화를 극장에서 내려가기 전에 부지런히 찾아보았다. 그가 재미있게 본 영화라면 나도 왠지 즐겁게 관람할 수 있었다.

88

그가 트는 클래식의 곡명을 궁금해하며 물었고 받아 적어 집에 가서 다시 찾아 들었다. 그가 그날 입에 담은 한마디 한마디는 원고 아이디어를 적는 몰스킨 노트에 몰래 기록해두었다. 그가 소파에 앉아 골몰히 책을 읽는 동안 그의 모습을 사진으로 몰래 남긴 적도 있었다. 그 사진을 찍기 위해 일부러 일로 만난 관심 없는 다른 남자들의 사진도 더불어 찍어야 했다.

그와 나누었던 대화를 기억하며 길을 걷다가 혼자 넋이 나간 사람처럼 싱글벙글 웃기도 했다. 길을 걷다가도 그와 닮은 느낌의 남자가 있으면 한 번 더 뒤돌아보게 되었다.

이 관계에서 가장 놀라운 것은 적어도 나는 그를 물리적으로 기다리지 않아도 된다는 점이었다. 그의 얼굴을 보려고 기다릴 필요도 없고 약속을 따로 잡을 필요도 없었다. 그 사람이 보고 싶으면 내가 그에게로 가면 됐다. 내가 움직이면 되었다. 가면 반드시 그를 볼 수가 있었다. 갈증은 내가 나서서 채울 수 있었다. 기다리지 않아도 된다는 것이 얼마나 고맙고 안도되는지 몰랐다.

내 삶은 그를 마음속에 두게 된 이후로 조금 더 생생한 색깔을 띠었다. 이 감정을 느끼지 못했을 때 얼마나 죽은 것처럼 살았는지 그제야 깨달았다. 콩깍지가 쓰였다고 말하지 않았으면 좋겠다.

천만에.

모든 것은 이토록 확실하고 명료했다.

13.

출국하기 전에 수정을 마무리해야 한다는 생각에 무리했는지도 모르겠다. 몸에서 오슬오슬 한기가 났다. 간밤에도 자는 도중에 세 번이나 식은땀을 흘리면서 깼다. 그래도 아침에 윤재를 유치원에 보낸 후 몸살감기약을 먹고 나서는 몸이 한결 가벼워진 것 같아 노트북을 챙겨서 집을 나섰다.

두어 시간 원고를 고쳤다. 희한한 것은 원고를 고칠 때는 전혀 힘든 줄 모르다가 노트북 자판에서 손을 떼는 순간, 몸에 힘이 하나도 없는 것이 주저앉고 싶어질 만큼 피로감이 한꺼번에 엄습해온다는 것이었다. 몸이 아플 때는 글을 쓰지 않는 것이 상책이다. 몸뿐만 아니라 글을 위해서다. 몸이 안 좋으면 좋은 글도 나올 수 없었다.

잠시 노트북을 덮고 앞으로 밀쳐놓고 테이블 위에 엎

드렸다. 미열도 있는 것 같았다.

"어디 아프십니까?"

바 카운터 뒤에 앉아 있던 성현이 소리 없이 옆으로 다가와서 걱정스러운 표정으로 물었다. 나는 머리가 헝클어진 채로 고개를 잠시 들어 충혈된 눈으로 끄덕였다.

"몸도 안 좋은데 그만 들어가시지요."

집에 갔다가 유치원에 데리러 가느니 여기서 바로 유치원으로 가는 게 나아서 이렇게 버티고 있다고 말하기는 싫었다. 그것은 너무도 '학부형 같은' 이야기였다.

"괜찮아요. 여기서 조금만 있다가 갈게요."

"…안 되겠습니다."

단호하게 그가 말했다.

성현은 몸살 기운으로 어기적어기적 걷는 나를 데리고 밖으로 나가 옆 건물로 향했다.

그 건물 삼 층에 그가 사는 집이 있었다. 누가 자주 찾아오는 집이 아닌 기색이 물씬 풍겼다. 누군가에게 보여주기 위한 집도, 사람들을 초대해서 모임을 가지기 위한 집도 아닌 혼자만의 생활을 위한 집이었다. 방 두 개에 거실과 부엌, 화장실. 불필요한 물건이나 장식은 요만큼도 없었다.

그는 집에 들어서자마자 침실 문을 닫고 나를 거실의 베이지 패브릭 소파로 데리고 갔다.

"여기 소파에서 쉬시다가 나중에 문만 닫고 내려오세요. 자동으로 잠기니까요. 전 이만 내려가 보겠습니다."

집에 혼자 있게 된 나는 여기서 나가야 할 시간에 휴대전화 알람을 맞춰놓고 소파에 모로 누웠다.

소파는 충분히 길지 않아 다리를 구부려야 했다. 소파 팔걸이 부분이 나무로 되어 있어서 불편하기도 했다. 소파에 놓인 쿠션을 끌어안고 냄새를 맡아보았다. 그의 냄새일 것이다. 그도 매일 밤 여기서 이렇게 몸을 구부리고 누워서 쉬는 걸까?

창문 너머로 건너편 건물 마당의 감나무가 보였다. 나뭇잎은 다 떨어지고 구불구불 휜 앙상한 나뭇가지에는 탐스럽게 익은 감이 빨간 점들을 찍어내고 있었다. 주렁주렁 열린 감들의 숫자를 세다가 어느새 잠이 들었다.

잠시 어떤 꿈을 꾸었지만 기억이 나지는 않았다.

현관문 잠금장치가 풀리는 소리가 들렸다. 성현은 조용히 거실로 들어와 테이블 위에 따뜻한 생강차를 코스터에 받쳐 올려놓았다. 그러고는 갑자기 아무 소리도 들리지 않았다.

눈을 뜨자 성현의 갈색 안경이 가까이에서 나를 내려다보고 있었다.

"좀 괜찮으십니까?"

그의 얼굴이 내 얼굴에 그림자를 만들었다.

"몸살 기운이 있으면 외출하지 말고 집에서 쉬시지…."

나는 엄한 선생님한테 야단맞는 학생 같았다.

"오늘 중에 해봐야 하는 일이 있어서요."

"내일 하면 안 되는 겁니까?"

그는 화가 난 목소리로 미간을 찌푸리며 물었다.

나는 아무 대꾸 없이 소파에서 몸을 일으켜 앉아서 그가 만들어 온 생강차를 한 모금 마셨다. 칼칼한 맛이 목 안을 따뜻하게 했다.

"내일 어디 멀리 좀 가야 해서요."

"…이런 몸으로? 무리예요. 출장입니까?"

이토록 나에 대해 캐묻는 모습은 처음이었다.

"아뇨, 어디까지나 개인적인…"

"그럼 일도 아닌데 취소하면 되지 않습니까."

성현은 이해가 안 된다는 듯이 내 두 눈을 물끄러미 들여다보았다.

나는 생강차를 한 모금 더 마시고 나서 고민을 하다가 천천히 입을 열었다.

"결혼 십 주년 기념 여행이라서요."

그때 그렇게 솔직하게 대답만 하지 않았어도….

성현은 무슨 말인지 이해가 안 된다는 듯이 눈을 크게 떴다. 나는 바로 이어서 먹먹한 목소리로 덧붙였다.

"상황이 어떻게 되어도 취소할 수가 없어요."

"저는 잘 이해가 안 됩니다. 이렇게 아픈데 억지로 가야 하다니요."

성현은 화가 나 보였다. 그러나 남편에 대해선 일체 거론하지 않았다. 마치 그 존재 자체를 부정하고 싶은 것처럼.

"오늘 푹 자고 나면 괜찮아지겠죠."

나는 어느새 자꾸 변명하고 있었다. 대체 누구를 위해?

성현은 나를 물끄러미 쳐다보다가 천천히 말문을 열었다.

"차라리 괜찮아지지 않았으면 좋겠습니다."

굳은 표정과 달리 눈망울은 한없이 흔들리고 있었다.

"그래서 가지 않았으면 좋겠습니다."

한순간의 영원처럼 그 말은 가슴을 찌르고 이내 나의 심장은 시큰시큰 타들어갔다. 저 아래에서 올라오는 깊은 탄식을 내뱉었다. 그의 어깨에 머리를 기대고 두 팔로 그의 목을 부둥켜안고 싶었다.

가지 않았으면 좋겠습니다 —

나는 처음 듣는 그의 질투 어린 말에 당혹스러운 행복감을 느꼈다.

나는 아무 데도 가지 않아요, 라고 말하며 그의 따뜻하고 부드러운 뺨을 어루만져주고 싶었다.

14.

좋아하는 배우 빌 머레이가 주연한 영화 〈사랑도 통역
이 되나요〉에 등장했던 신주쿠 지역에 있는 한 초고층 호
텔에 짐을 풀었다. 무기질적이고 현대적인 방이었다. 실
내 온도는 이 이상 쾌적할 수 없을 정도로 알맞게 맞춰져
있었다.

"무슨 방이 정신병원처럼 온통 흰색이네."

남편이 방 입구에 가방을 내려놓으며 내뱉은 첫마디였
다.

"난 흰색이 좋아."

반쯤 닫힌 커튼을 활짝 열면서 내가 말했다. 통 유리창
으로 내다보이는 신주쿠 고층빌딩군이 일품이었다.

남편은 흰 침구가 구김 하나 없이 정돈된 침대 위로 풍
덩 뛰어들었다.

"그래도 뷰 하나는 기막히네. 저기 저거 도쿄 도청 건

물 아닌가?"

"맞아요. 저녁 식사도 이 호텔 꼭대기 층에 있는 전망 좋은 식당으로 잡았어."

"스시 먹는 건가?"

"아니, 양식. 고기 싫으면 생선 종류도 한두 가지는 있을 거예요."

남편이 좋아하지도 않는 양식, 그것도 단둘이서 포크와 나이프를 쓰는 식사를 하는 어색함을 모르는 것은 아니었지만 결혼기념일에 초밥집은 왠지 가고 싶지 않았다.

"왜… 싫어요? 바꿀까?"

"아냐. 난 신경 쓰지 마. 당신한테 다 맡긴다고 했잖아."

"싫으면 말해요. 지금이라도 바꿀 수 있어."

내 목소리는 상냥했다.

"괜찮다니까. 피곤한데 멀리 안 나가고 좋지 뭐."

저녁때까지는 각자 자유 시간을 가지기로 했다. 어제 늦게까지 야간 당직을 한 남편은 방에서 낮잠을 자며 쉬겠다고 했다. 나는 가볍게 샤워를 한 뒤 편한 차림으로 갈아입고 도쿄도현대미술관의 전시를 보러 나섰다.

　남편이 따라오지 않아 어떤 의미에선 홀가분하다고 생각했다. 원래 어차피 미술에는 관심이 없는 남자였다. 나는 미술에 전문적인 지식은 없었지만 사람이 별로 없는 호젓한 미술관에서 그림을 한 점 한 점 마주할 때 내 안에서 솟구치는 새로운 감정들, 혼자 천천히 장내를 거닐 때의 그 적적한 느낌이 좋았다.

　중학교 시절 무역업에 종사하던 아버지를 따라 도쿄에서 삼 년간 지낸 적이 있어서 일본어로 소통하거나 도쿄 시내를 자유로이 이동하는 데는 무리가 없었다.

　돌아오는 전철 안에서 문득 프랑스 파리의 메트로가 생각났다. 십 년 전, 매일 출퇴근하듯이 메트로를 타고 돌아다니던 파리 신혼여행.

　리조트 선탠 베드에 누워 쉬는 신혼여행은 지루하고 돈도 아깝다며 남편은 우리의 신혼여행지로 파리를 제안했다. 휴양지에서 입으려고 몰래 사둔 두 종류의 비키니를 못 입는 건 조금 아쉬웠지만, 파리는 둘 다 처음 가보는 도시라 나는 예비 신랑의 말을 따랐다.

파리에 도착하자마자 신혼여행이라기보다 배낭여행 같은 강행군이 시작되었다. 남편은 일주일 동안 부지런을 떨면서 하루에 최소 서너 군데의 명소를 쫓아다녔고 나는 시간효율성에 사로잡힌 그를 따라다니느라 진이 빠졌다.

저녁 시간에도 스케줄이 빽빽했다. 한번은 물랭루주에 가서 쇼를 보는데 막상 남편은 쇼가 화려하게 진행되는 도중에 하루의 노곤함을 못 이기고 꾸벅꾸벅 졸기만 했다. 밤중에 호텔로 돌아오면 두 사람은 피로에 지쳐 잠을 청하기 바빴다. 일주일 동안 허니문 섹스는 단 한 번도 없었다.

그렇게 신혼여행은 결혼 생활의 생경함과 고행의 시작을 알리는 상징이었다. 신혼여행 때 자기 방식대로 여행 일정을 주도했던 남편은 돌이켜보니 후회스러웠던지 그 후로는 여행에 관해서는 나에게 모든 것을 맡겼다.

"이젠 네가 알아서 해."

저녁 식사를 하러 가기 위해 나는 베이지 원피스로 갈아입었다. 치마에 주름이 잡히고 목 부분은 깊게 U라인으로 파여 있었다. 욕실로 들어가 공들여 화장을 했다. 아이라인을 조금 진하게 그리자 눈매가 평소보다 한결 강해 보였다.

화장을 하고 나가자 남편이 흡족하게 쳐다보며 말했다.

"엘리베이터만 타고 올라가면 되는데 뭘 그렇게 차려입었어. 편하게 가지. 그래도 우리 마누라 참 미인이네."

그 식당이 얼마나 고급스러운 곳인지 모르는 남편이 태평하게 말했다.

"차려입을 필요가 있는 곳이에요. 당신은 셔츠만 챙겨입어요."

엘리베이터는 방이 있는 이십칠 층에서 신속하게 올라가 정확히 오십이 층에 섰다. 문이 열리자 직원이 절제된 미소로 우리를 맞이하며 레스토랑 안으로 안내했다.

테이블마다 놓인 촛불과 천장의 은은한 간접 조명이 통유리창 밖으로 보이는 신주쿠 도심 마천루를 더욱 돋보이게 했다. 가지런한 하얀 이를 가진 훤칠한 웨이터 대여섯 명이 풀 먹인 빳빳한 흰 셔츠에 검정 나비넥타이를 매고 손님들을 정중하게 응대하고 있었다.

그중 한 명이 우리에게 다가와 활기찬 몸짓으로 자리
로 안내하며 내 의자를 빼주었다. 우리는 야경이 바로 옆
으로 내려다보이는 창가 자리에 앉으며 메뉴판을 건네받
았다. 한 달 전에 내가 예약해놓은 자리였다.

"알아서 시켜. 당신이 좋아하는 고기 먹든가."

그의 말대로 남편의 식성을 개의치 않고 내가 좋아하
는 음식을 주문하기로 했다.

미디엄 레어로 구운 스테이크와 아스파라거스 구이,
크림 시금치에다 레드 와인도 캘리포니아 산으로 두 잔
시켰다. 접시 위의 하얀색 냅킨을 무릎 위에 올리자 빵과
무염버터가 바로 나왔다. 버터를 바른 빵 조각은 부드럽
게 목을 넘어갔다.

부부를 알아보려면 서로 대화가 없는 커플을 찾으면
된다는 말이 있다. 대화를 나누고 있다면 연인이고 대화
없이 식사를 한다면 그것은 부부일 것이라는.

주위를 둘러보노라니 마치 훈련된 연극배우처럼 모두
들 조금씩 평소의 자신과는 다른 모습이었다. 바로 왼쪽

옆자리에서는 기혼 남자가 미혼 여자를 유혹하는 것 같았다. 이들은 여기서 식사를 마치고 어디로 갈까, 저녁 계획은 남자가 제대로 잡아두었을까, 여자는 이 남자에게 무엇을 기대하고 있을까 궁금했다.

앞자리는 큰마음 먹고 기념일을 맞이하여 고급 레스토랑을 예약해서 찾아온 오래된 연인처럼 보였다. 둘 다 앳되고 이곳 분위기에 주눅 든 것처럼 보였는데 남자는 어쩌면 오늘 밤 이 자리를 빌려 여자친구에게 청혼을 할지도 모르겠다는 생각이 들었다. 긴장된 표정만 봐도 기합이 잔뜩 들어가 있었다.

그리고 그 사람들 사이에는 결혼한 지 십 년 된 한 외국인 부부―남편과 나―가 있었다.

생일이나 결혼기념일 등 특별한 날엔 평소와는 조금 다른 대화를 나누는 것도 부부가 서로에게 연기하며 노력하는 일 중 하나다. 물론 그런 대화는 아내 쪽에서 먼저 시작하기 마련이다.

"우리 결혼 십 주년이니까 서로에 대해 솔직하게 얘기해보면 어때? 고마웠던 점, 그리고 조금 더 노력해주면 좋을 점 같은 거요. 대신 절대 상대에게 화내지 않고 인내심 있게 들어주기."

나는 눈을 크게 뜨며 남편의 의중을 떠보았다.

"뭘 민망하게 그런 걸 얘기해. 난 지금 이대로 충분히 만족해."

남편이 버티는 와중에 우리가 시킨 음식이 하얀색 접시에 담겨 나왔다.

"너 많이 먹어. 난 고기를 그다지 좋아하진 않으니까."

남편은 은근슬쩍 화제를 피하게 되어 안도하는 것 같았다. 하지만 나는 굴복하지 않았다.

"어서 말해봐요."

구운 아스파라거스를 포크로 찍어 먹으며 내가 말했다.

"무섭다야. 갑자기 왜 그래."

그는 웃고 있었지만 불편해하고 있었다.

"그런 건 아니에요. 그럼 나 먼저 할게. 아쉬운 것부터. 일하느라 피곤한 건 알지만 가급적 집에 있을 때는 윤재와 잘 놀아줄 것. 윤재가 자신을 봐주길 원할 때, 제대로 그 아이의 눈을 쳐다보면서 응대해줄 것. 고마운 점은…

음… 난 그사이 변화가 많았는데도 그걸 자연스럽게 받아들여준 점. 응, 끝."

그를 처음 만났을 때 나는 직장인이었다. 결혼한 지 얼마 되지 않아서 일을 그만두고 소설을 쓰겠노라고 했다. 그리고 이 년 만에 작가로 데뷔했다.

내 이름이 조금씩 세상에 알려지면서, 그의 직장 동료들이 나에 대해 호기심을 갖고 묻기 시작하면서, 그는 아내의 직업을 본격적으로 의식했다. 남편은 소설을 잘 읽지 않아서 아내가 소설가인 것에 호불호가 딱히 없었지만, 기본적으로는 응원하는 마음으로 지켜봐주었다. 내심 그는 자신의 일 외에는 그다지 관심이 없었지만 제스처만으로도 고마울 때가 있었다.

나는 남편의 이야기를 듣고 싶어서 몸을 앞으로 숙여 귀를 쫑긋 세우며 눈치를 주었다.

"알았어, 알았어. 나는… 어디 보자, 당신이 조금은 여유를 가지고 글을 썼으면 좋겠어. 너무 쫓기듯 하다 보면 몸이 상할 수도 있고. 그거밖에 없어. 나머지는 다 잘하고 있잖아. 윤재도 밝게 잘 커주고 있고."

"뭐야… 잔뜩 긴장하고 있었는데."

나는 환한 미소로 남편에게 화답했다.

부부는 진실을 거짓처럼 말하기도 하고 거짓을 진실처럼 말하기도 했다. 그러나 어찌 되었든 '서로에게 말한다'는 것이 중요했고 그 행위를 위해서라면 다소의 연기가 필요하다는 것을 받아들여야 했다.

그런 연기의 또 다른 이름을 노력이라 했고, 부부 관계에서는 늘 노력이라는 것이 필요했다. 그래서 이런 어색한 주제로 이야기를 한다는 것은 중요했다.

낯간지러운 대화가 끝나자 남편은 안도하며 차려진 음식을 말없이 먹었다. 양식을 좋아하지 않는 그가 군말 없이 곧잘 먹는 연기를 하는 것도 그의 입장에서는 성의이자 노력이었고, 나는 그것을 충분히 이해하고 있었다.

"이거 열어봐요."

마지막에 디저트로 나온 망고 수플레를 먹으면서 테이블 위로 작은 상자를 내밀었다. 남편은 진심으로 놀란 듯했다.

"아, 이러면 반칙인데. 난 아무것도 준비 안 했는데."

"괜찮아요. 내가 그냥 주고 싶어서 산 거야. 어서 열어
봐요."

기념일에 선물을 주고받는 일의 무용함을 믿는 내가
바쁜 사이 짬을 내서 선물을 샀다. 나도 내가 이런 형식
적인 것을 준비할 줄은 몰랐다.

남편은 포장을 뜯고 태그가 달린 채로 시계를 차보면
서 고개를 몇 번 끄덕였다.

"아주 좋은데?"

그는 과장되게 기쁜 척을 했다.

"괜찮지?"

나도 미소로 화답했다.

"뭘 또 이런 걸 샀어."

"나도 돈 벌잖아. 사고 싶은 건 살 수 있을 만큼은."

"당신도 도쿄에서 뭐 하나 사. 내가 카드 줄게. 아니면
서울 들어가는 길에 면세점에서 가방 사줄까? 거 왜 여자
들 좋아하는 거 있잖아."

나도 남편에게 선물을 사주는 일이 무척이나 어색했지
만 남편의 그런 말도 어색하긴 마찬가지였다. 마치 철없
는 어린 애인을 상대로 거드름 피우는 돈만 가진 유부남

같았다.

"브랜드 가방은 너무 터무니없이 비싸요."

"얼마나 비싼데."

당신 월급보다 더 비싸, 라고 말할 수는 없었다. 가격대를 조금 낮춰서 얘기했더니 그의 표정이 언짢게 일그러졌다.

"생각보다 비싸네. 그래도 그까짓 거 마누라 위해 못 사주겠어? 그냥 사!"

남편의 목소리가 호기롭게 울려 퍼지자 나는 그에게 목소리를 낮추라고 쉿, 주의를 주었다.

"나 원래 브랜드 가방 취미 없어요. 사도 어디 들고 나갈 데도 없고."

나는 자비로운 미소로 응했다. 그것은 사실이기도 했다. 남편은 "그래?"라며 고개를 갸우뚱하더니 웨이터를 불러 와인을 한 잔 더 시켰다. 그리고 우리는 더 이상 가방에 대한 이야기를 꺼내지 않았다.

해피 애니버서리 투 유.

15.

소설을 쓰는 동안은 불면증에 시달렸다. 밤새 최소 두세 번씩은 꼭 자다가 깼다. 잠을 자더라도 계속 선명한 꿈을 꾸었다. 지속적으로 예민하게 소설 속의 또 다른 세상을 의식하고 살아야 하기 때문이었다.

여행을 와서도 달라질 것은 없었다. 오히려 마음에 들지 않은 원고 상태로 두고 온 터라 신경이 더 날카로워져 있었다.

처음 깼을 때가 새벽 두 시였다. 남편은 머리만 닿으면 언제 어디서든 잘 자는 타입이라 아까 낮잠을 충분히 자고도 밤에 또 곤히 잠이 들었다.

잠시 천장을 덩그러니 쳐다보다가 몸을 일으켰다. 그대로 침대 밖으로 나와서 잠옷을 벗고 후드티와 청바지로 갈아입고 운동화에 울 코트를 걸쳤다. 여분의 호텔 카드키와 지갑을 챙겨서 로비로 내려가, 호텔 정문을 열고 밖으로 나갔다.

장난감 병정처럼 긴 제복을 입은 도어맨은 댄스파티에 가는 공주를 배웅하듯, 정중하게 문을 열어주었다. 밖으로 나와 찬 밤공기를 폐 속 깊이 들이마시고 간간이 별이 박혀 있는 하늘을 쳐다보았다. 그러고는 천천히 발걸음을 옮겨 건물 사잇길로 걸어갔다.

황량한 폐허 같은, 불만 켜진 고층 오피스 빌딩 사이로 돌아다니는 사람들은 거의 보이지 않았다. 마치 아무도 없는 광활한 세상의 끝에 도달한 것 같았다. 결혼 십 주년 기념 여행의 첫날 밤, 나는 저 밑에서 길어 올린 가장 깊은 고독감을 느끼고 있었다.

혼자 있노라면 가끔 몹쓸 생각을 했다. 윤재를 낳지 않았더라면 어땠을까. 남편과 깔끔하게 이별하거나 서로를 남자와 여자로서 대하면서 살고 있을지도 모른다. 가끔씩 작가 줌파 라히리가 한 라디오 인터뷰에서 했던 말이 생각난다.

운 좋게도 행복한 결혼 생활을 하고 있고 개인으로선 참 고마운 일이지만 한 명의 작가로선 불행한 일이라고.

작가들은 관계를 망치고 싶어 하고 아수라장에 빠지고 싶어 한다고 그녀는 말했다.

가족들을 둘러싼 가정생활과 글을 쓰는 작가 생활과 열정을 필요로 하는 애정 생활을 모두 해나간다는 것은 불가능한 욕망처럼 느껴졌다. 제일 친하고 편하다는 가족들과 함께 있을 때 오히려 제일 가식적인 가면을 써야 했다.

이따금 뭔가 잘못된 그림 속에 들어와 있는 듯한 기분이 들 때가 있었다. 난 지금 이곳에서 무엇을 하고 있는 거지, 싶었다. 하지만 그것들은 모두 내가 선택한 것들의 결과였다. 자신이 쳐놓은 인생의 덫은 책임감으로 감당해야 했다.

윤재를 내 생명보다도 사랑하지만 그것과는 별개로, 다음 생에 태어난다면 결혼도 하지 않고 아이도 가지지 않을 것이다.

심야 영업을 하는 아오야마의 한 책방으로 성큼성큼 걸어갔다. 이 근방의 지리는 잘 알고 있었다. 예전부터 도쿄에 올 때마다 가끔 들렀던 곳이었다. 일본 작가 에쿠니 가오리가 한 에세이에서 부부 싸움을 하면 밤중에 여기로 홀쩍 도망쳐 나온다고 했었다.

여기저기에 전시된 사진이나 작품, 외국 잡지, 사진집, 미술서, 디자인 및 건축 서적 등이 나열되어 일종의 예술 전시공간 같은 분위기를 풍겼다. 책장과 책장 사이의 공간도 충분해서 사람들 사이로 비집고 들어가서 책을 봐야 하는 불편함도 없었다.

널찍하게 배치된 선반은 장르별로 구분되어 있었다. 마치 자신의 책장을 관리하는 것처럼 장르별 선반에 따라 담당하는 직원의 센스나 기호가 그대로 반영되어 있었다.

여행서와 잡지가 많았고 예술서나 소설 번역서도 잘 구비된 편이었다. 새벽 두 시에 가까운 시간인 만큼 이곳에도 사람들의 모습은 거의 보이지 않았다.

소설을 쓸 때는 남이 쓴 소설은 물론, 글자도 눈에 잘 들어오지 않았다. 하지만 책의 냄새를 맡거나 책 표지의 질감을 매만지면 마음이 차분해지고 책을 사랑하는 마음이 새록새록 다시 살아났다.

표지 디자인이 심플한, 한 영미 소설의 번역서를 만지

면서 성현을 더 가까이 느꼈다. 비행기 창가 자리에서 밖을 내다보면서부터 생각난 그는 여태까지 줄곧 내 호주머니 속에 있었지만, 이제야 마음 놓고 좁은 곳에서 나와 그 존재감을 나에게 상기하게 해주는 것만 같았다.

나는 이제 이곳에서 안심하고 마.음.껏. 성현을 생각하고 그리워할 수 있었다. 책을 읽는 그의 옆모습이 눈에 선했다.

"윤재도 데리고 올 걸 그랬나….."

저녁 식사를 하면서 남편이 윤재 얘기를 꺼냈다.

"잘 있을 거야. 이젠 엄마 아빠 없이도 지내는 훈련을 해봐야지."

정작 내가 마음에 걸리는 사람은 윤재가 아니었다. 아이는 어른들이 걱정하는 것보다 훨씬 독립적이니 전혀 걱정할 일이 없었다.

내 마음 한쪽에서는 윤재보다 성현을 떠올리고 있었다. 자신이 낳은 아이보다 완전한 타인인 한 남자를 더많이 걱정하고 떠올린다는 사실은 내게 달콤한 죄책감을 안겨주었다.

그리움을 더 진하게 느끼기 위해, 아니 즐기기 위해 나는 한밤중에 몽유병 환자처럼 이곳 서점까지 홀로 걸어왔다는 것을 알았다. 그 사람을 그리워하기 위해 나는 혼자일 필요가 있었고 어둠 속에서 집중할 필요가 있었다. 그리고 그의 부재를 통해 보다 선명하게 그를 기억할 수 있는 최적의 장소가 필요했다.

나는 그에게 정신적으로 사로잡혀 있었다. 여행지에서 어떤 사람이 생각난다는 것—그가 물리적으로 멀리 있는 만큼 그의 모습은 보다 가까이 내 몸에 붙어 있었고 내 마음에 새겨져 있었다.

그와 서로 몸을 기대며 손을 잡고 영화 속의 한 장면처럼 도쿄 신주쿠의 이 밤거리를 걷고 싶었다. 그와 한밤중에 좋아하는 책들을 마음껏 보러 서점을 순례하고 싶었다.

그러다가 돌연히 침대에서 성현이 고통에 얼굴을 일그러뜨리는 모습을 상상했다. 바르르 떠는 그의 기다란 눈꺼풀을 손끝으로 만질 수 있을 것만 같았다. 나는 몹쓸 생각을 떨쳐내기 위해 다시 손에 들고 있던 소설책에 집중하려 했다.

책들을 뒤적이면서 태연한 표정을 짓고 있었지만 내 안에서는 짙은 그리움이 한꺼번에 밀려와 가슴이 아리고 아파왔다. 유일한 구원은 이 여행이 끝나면 다시 그의 곁으로 돌아갈 수 있다는 것이었다.

둘째 날, 하코네의 호텔은 상상했던 것보다 아름다웠다. 1878년에 설립된 그곳은 품격 있고 우아한 하코네의 첫 서양풍 리조트 온천 호텔로, 지금도 일만 평의 거대한 대지 위에 과거 그 시절의 모습을 고스란히 간직하고 있었다. 일본 유형문화재로 등록될 만큼 일본의 역사와 전통 건축, 문화를 느낄 수 있는 살아 있는 박물관과도 같았다.

걸을 때마다 니스 칠이 된 나무 바닥에서 삐걱거리는 소리가 났다. 1930년대로 되돌아온 것 같은 역사의 흐름을 로비와 복도, 아치형 계단 구석구석에서 느꼈다. 저녁으로 호텔 내에 있는 일식당에서 가이세키 요리를 먹었다. 그리고 나는 시간제 가족온천탕을 대여했다.

히노키 목재로 만든 탕은 두 사람이 겨우 들어갈 만한

크기였다. 그 안에서 따로 앉아 있는 것도 예의가 아니라는 생각이 들어, 나는 탕 속에 들어가 남편에게 다가가서 팔을 둘러 안고 그의 뜨끈하게 젖은 목덜미에 입을 맞추었다. 뜨겁고 매끈한 온천물로 두 사람의 살결은 점차 부들부들해져갔다.

온천욕을 끝내고 남편과 나는 불을 끄고 바로 잠자리에 들었다.

"어제는 내가 피곤해서 먼저 잠들어버렸지. 미안."

남편이 내 이부자리로 건너와서 한 이불을 덮었다.

"그 전날 늦게까지 야근했잖아요."

나는 남편의 가슴을 손으로 천천히 어루만졌다. 남편은 손을 몸 아래로 뻗어 자신의 것을 주무르기 시작했다.

"이런, 남자한테는 뜨거운 물이 안 좋다고 하더니 그 말이 사실이네."

아까 탕에서 내가 먼저 다가간 것에 그는 책임감을 느끼고 있는 것 같았다. 그런 만큼 남편의 몸은 자연스럽게 그 압박을 거부했다.

"무리하진 말아요."

나는 하체를 남편에게 딱 붙인 채로 귓가에 부드럽게

속삭였다. 아내는 관대해야만 한다. 특히 십 년이나 결혼 생활을 한 아내라는 사람은.

"무리하는 거 아니야."

남편은 발끈해서 대답했다.

"잠깐만⋯."

내 손은 남편의 복부를 따라 내려가서 그의 손을 도와 함께 흐름을 따라 움직여보았지만 그의 몸은 여전히 정직하게 이완되어 있었다.

나는 실망하지도, 기뻐하지도 않았다.

"우리 그냥 자요. 괜찮아요."

"아냐, 그럴 수는 없지. 멀리 여행까지 와서."

무언가를 기념하는 일은 이토록 사람에게 부담을 주는 일이었다. 사실은 노곤하고 졸리기만 한데 이해심 깊은 남편으로서 어떻게든 아내의 간절해 보이는 청을 들어주려고 초조해하는 이 남자. 오래된 부부는 이렇게 사정이 딱했다.

문득 남편이라는 역할에 무의식중에 얽매여 있을 이 남자가 측은해졌다.

"사랑해."

결혼 십 주년 기념이라고 남편이 어색하게 지나가듯이 사랑한다는 말을 했다.

"나도 사랑해."

나는 남편의 얼굴을 똑바로 보지 못하고 귓가에 조용히 속삭였다.

그렇게 도쿄에서의 마지막 밤이 부부의 몸 사이로 소리 없이 관통하고 있었다.

16.

공항에 도착해 바로 시댁으로 가서 윤재를 데리고 집으로 돌아오니 저녁 아홉 시가 다 되어 있었다.

윤재는 남편과 나를 보더니 재회의 반가움에 와락 껴안으며 선물을 풀어보고 싶은 마음에 어서 집에 가자고 채근했다. 윤재는 내가 골라온 레고와 게임기, 퍼즐에 환호했다. 아이를 두고 여행을 간 것에 대한 미안함이 조금 가셨다.

"역시 우리 집이 최고네."

익숙한 현관에 들어서 불을 켜면서 남편의 안색도 덩달아 밝아졌다. 그는 돌아와서 정말로 기쁜 모양이었다. 남편은 거실에 짐을 아무렇게나 내팽개쳐놓고 소파에 벌렁 누웠다.

나는 짐을 다시 안방에 갖다 놓고 부엌으로 향했다.

"참, 음식물 쓰레기 버리고 간다는 걸 깜빡했네. 지금

버리고 올게요."

"어."

남편은 눈을 감은 채 대답했다. 윤재는 선물 꾸러미를 거실 바닥에 내려놓고 해체 작업에 착수했다.

나는 오른손에 비닐장갑을 끼고 지갑과 휴대전화를 호주머니에 챙겼다. 기왕 나가는 김에 일반 쓰레기와 음식물 쓰레기를 양손에 가득 들고 집 밖으로 나섰다. 한 가정이 만들어내는 쓰레기는 끝이 없었다.

남편은 소파에 비스듬히 누워 꼼꼼하게 포장된 여행 선물들을 풀어보는 윤재를 지켜보며, 아이가 아빠에게 하나하나 보여주면서 자랑하는 것을 잘 상대해주고 있었다. 나는 엘리베이터를 타고 내려가 아파트 건물 뒤편에 있는 쓰레기장에 가서 쓰레기를 버리고 일회용 비닐장갑을 벗어 비닐을 버리는 쓰레기통에 집어넣었다.

휴우.

쓰레기를 버리고 나서 두 손이 비면 늘 어딘가 후련한 기분이 들었다. 날씨가 맑아서인지 밤하늘엔 제법 별들이 수놓아져 있었다. 하늘을 보며 몇 차례 공기를 깊게

들이마셨다. 잠시 눈을 감고 고요히 있는데 호주머니 속에서 진동이 울렸다.

─혹시 지갑 가지고 나갔니? 윤재가 바나나우유 마시고 싶다는데.

남편으로부터 온 문자였다. 내가 쓰레기를 버리러 나갈 때마다 아빠와 아들은 필요한 것들이 자동으로 떠오르는지 늘 나간 김에 뭔가를 사 오라고 어리광부리듯 시켰다.

─알았어. 그런데 나 산책 좀 하고 나서.

─오케이.

내가 쓰레기를 버리러 나가면 그들이 열에 아홉은 뭘 사 오라고 시키는 것처럼, 나도 열에 아홉은 나온 김에 밤 산책을 한다는 것을 그는 알고 있었다.

처음에는 여태 뭘 하다 왔느냐고 의아하게 물었지만 이내 그것이 내가 유일하게 숨통을 트는 저녁 시간이자 다음 날 쓸 소설 원고에 대해 이런저런 생각을 정리할 수 있는 '일하는 시간'임을, 글을 쓰는 사람은 절대적으로 혼자 있을 시간이 필요함을 남편도 어슴푸레 이해하게 되었다.

아파트 단지 상가 쪽으로 천천히 걸어 나갔다. 찬 가을 바람이 기분 좋게 불어왔다. 잠시 멈춰 가만히 그 자리에 섰다. 바람의 움직임을 몸으로 감지하고 싶었다.

청바지 주머니를 다시 확인했다. 그 안에는 자동차 키가 그대로 있었다. 돌발적인 행동을 하고 있다는 것을 알았지만 이렇게 하지 않고는 도저히 견딜 수가 없을 것 같았다. 내 정신과 몸은 온통 그의 주위를 맴돌고 있었다.

상가에서 다시 아파트 주차장으로 돌아갔다. 자동차 문을 열고 들어가 시동을 걸었다. 도저히 평소처럼 산책을 하다가 아이스크림이든 바나나우유든 사서 저 숨 막히는 곳으로 바로 돌아갈 수가 없었다.

쓰레기를 버리고 나서 바라보는 밤의 아파트 정경은 끔찍했다. 저마다의 큐브에서 흘러나오는 불빛과 그 안에 똑같이 생긴 거실 조명과 똑같은 텔레비전 위치, 그 좁은 공간을 왔다 갔다 하는 사람들, 어린아이들의 보채는 소리, 그 참을 수 없는 생활과 일상의 소리들…. 그리고 남편과 붙어 있었던 사흘간의 시간들.

온 몸과 마음의 감각이 날 서 있었다. 잠시 자유로워질 필요와 의무, 아니 권리가 있었다. 심호흡을 깊게 하고 싶었다. 그러면서 정작 어떤 사람의 온기를 찾고 있었다.

액셀을 세게 밟아 그에게로 향했다. 그에게로 가는 차 안에서 나는 약간의 호흡곤란 증세를 느꼈다.

원하면 언제라도 보러 갈 수 있다.

보고 싶을 때는 내가 그에게로 가면 된다.

그는 언제나 그 자리에 있고 모든 것은 나한테 달렸다.

예전에는 혼자만의 시간을 보냄으로써 비워내는 자유를 원했다면, 지금은 혼자이고 싶지 않았다. 그와 함께이고 싶었다. 그것이 설령 다른 의미로 숨 막히는 일이라 할지라도.

내가 그를 그리워했던 것만큼 그사이 그도 나를 궁금해하고 생각하고… 기다렸을까?

밤 열 시에 가게 문을 닫으니까 지금 달려가면 어떻게든 그의 얼굴을 볼 수 있을 것이다. 그가 나를 보고 놀랄까? 제발 다른 손님은 아무도 없었으면 좋겠다. 이기적이라 욕해도 하는 수 없다. 손님 하나 없이 그가 소파에서 가만히 아름다운 자세로 책을 읽고 있었으면 좋겠다.

그는 지금 어떤 책을 읽고 있을까. 열 시가 넘어 가게 문을 닫고 나면 밀폐된 공간에 남겨진 우리에게 무슨 일이 일어날까. 동네 한 바퀴 돌러 나갔다가 오랫동안 돌아오지 않는 내가 이상해 남편이 연락하면 뭐라고 둘러대야 할까.

그렇지만, 당장, 지금 만나지 않으면 숨을 쉴 수가 없을 것 같았다. 내일 아침까지 기다릴 수가 없었다. 지금 솟아오르는 이 마음을 포기하고 참으면 소중하고 뜨거운, 날것의 무언가가 사라져 없어질 것만 같았다.

오늘 밤이어야만 했다. 단지 얼굴만 보고 온다고 해도, 그래야 직성이 풀릴 것 같았다. 아니, 솔직해지자. 정말 그저 그의 얼굴만 보고 싶은 것일까. 아니면… 왜 나는 위험을 감수하지 않아도 되는 내일까지 기다리지 못하고 오늘, 그것도 일부러 밤 시간에 그를 찾아가는 것일까. 물론 나는 그에 대한 대답을 잘 알고 있었지만 겉으로는 인정하지 않을 것이다.

횡단보도에서 빨간불에 걸릴 때마다 초조하게 자동차의 디지털시계를 노려보았다. 시간이 이대로 멈추기를, 혹은 최대한 천천히 흘러가기를 바랐다.

초록불로 바뀌면 다시 거침없이 액셀을 밟았다. 운전을 하고 가는 중에도 나의 행동에 스스로 부끄럽기도 하고 이 충동적인 행동이 무척 용기 있는 일처럼 느껴지기도 했다. 마음이 오락가락.

주말 밤이니 그 앞에 잠시 주차해놓으면 되겠지. 중요한 건 잠시라도 그의 얼굴을 보고 오는 일. 그것이면 나는 오늘 밤 어쨌거나 적어도 숨을 고를 수 있을 것이다. 안심하고 충족된 몸으로 잠들 수 있을 것이다.

다행히 가게 앞에 주차 공간이 비어 있었다. 주변에 오가는 차들도 없었고 인기척도 없었다. 그런데 시동을 끄고 고개를 오른쪽으로 돌리자 어떤 낯선 기운이 확 느껴졌다.

예상했던 것처럼 성현은 자신이 좋아하는 지정석에 앉아서 편안하게 책을 읽고 있는 것이 아니라 바 카운터 뒤에 가게 주인으로서 앉아 있었고, 내가 그와 마주 앉던 카운터 앞 벤치에는 긴 파마 머리를 한 젊은 여자 둘이 앉아서 재잘대고 있었다. 다른 손님들은 보이지 않았다.

그도 그런 것이 이제 문을 닫기 십오 분 전이었다. 세 사람 사이에는 맥주 몇 병과 견과류, 크래커, 과일 따위의 안주가 무질서하게 놓여 있었다. 저 세 사람은 가게를 닫고도 계속 술을 마실 태세였다. 상상도 하지 못한, 낯선 광경을 목격한 순간, 헛구역질이 치밀고 심장이 요동쳤다.

일순간 이대로 다시 차를 돌려 집에 가버릴까도 생각했다. 그렇지 않아도 지금 돌아가야 간신히 평소의 산책 시간에 들어맞았다. 정말이지 오늘 하루 동안 얼마나 많이 이동했는지 모른다. 하코네에서 도쿄로, 도쿄에서 하네다로, 하네다에서 김포로, 김포에서 당산동으로, 당산동에서 용산으로, 그리고 용산에서 이곳으로…. 나는 이미 지칠 대로 지쳐 있었다.

단 한 번만 성현이 나와 단둘이 있을 때만 보여주는 그 미소를 보여준다면, 그간의 연기로 더해진 피로와 그리움이 말끔히 씻겨 내려갈 것이다. 그리고 나는 본래의 내 모습을 되찾을 수 있을 것이다.

정신없이 운전해서 여기까지 오느라 핸들을 붙들고 있던 손바닥은 긴장과 분노로 땀이 찼다. 핸들에 머리를 잠시 기대고 생각에 잠겼다.

나는 차 문을 열고 나와 힘차게 걸어가서 가게 문을 열고 그 안으로 들어갔다. 창밖에서 지켜본 것과 별 다를 바 없는 그림이 눈앞에 펼쳐졌다. 조금 더 안 좋고 불쾌한 방향으로 말이다.

젊은 여자애들의 꺅꺅대는 소리는 상상보다 더 시끄럽고 거슬리고 싼 티가 났으며, 가까이서 보니 성현의 얼굴은 술기운에 벌게져 있었다. 술에 취한 모습 역시 처음 보는 것이었다.

폐점 십여 분 전에 가게 문을 열고 들어간 나를 보고 그들은 왜? 라는 표정으로 알 수 없다는 듯이 응시했다. 나의 급작스러운 출현에도 성현은 놀란 기색조차 드러내지 않았다. 그의 눈빛은 한 치의 흔들림 없이 차갑게 식어갔다. 나는 어찌할 바를 모르고 몸짓이 비굴하게 위축되어 갔다.

"이 동네를 지나갈 일이 있어서… 지나가다가 잠시 인사 드리러 왔어요."

쭈뼛대며 나는 겨우 입을 열었다.

"그러셨군요."

성현은 무척 공손하고 기계적으로, 그리고 짧게 대답

했다. 그의 눈빛에서는 아무런 감정이나 메시지를 읽을 수가 없었다. 그저 고개를 끄덕하며 인사를 받을 뿐이었다. 이제 그만 가면 되겠다는 표현으로서의 인사.

"와, 대박…! 혹시 한지운 작가님 아니세요? 와, 나 팬인데!"

여자애 중 한 명이 나를 뚫어지게 보더니 눈이 휘둥그레져서 소리쳤다.

"와, 작.가.님.이세요? 멋지다아~."

옆에 앉아 있던 다른 여자애가 작위적인 환호성을 내지르더니 성현과 나를 번갈아 쳐다보며 반응을 기다렸다.

"어떤 책 쓰셨는데요? 네?"

눈치 없는 그 여자아이는 계속 애먼 소리를 하고 있었다. 무식한 소리 하지 말라는 듯이 '팬'이라는 여자애가 고개를 절레절레 흔들면서 친구 머리에 알밤을 먹였다.

"얘는 무식해서 평소에 책 한 권 읽질 않아요. 죄송해요, 작가님~."

"작가님, 여기 앉아서 같이 한잔하고 가세요~."

술에 취해 무식하다는 말에 기분 나빠할 새도 없었던 그 여자아이는 혀를 내밀며 펑퍼짐한 엉덩이를 모서리로 밀면서 내게 중간 자리를 만들어주려고 했다.

성현은 아무 말 없이 가만히 지켜보는 와중에 여자애들만 소란스럽게 떠들어댔다.

"차를 가지고 와서…."

나는 자동차 키를 괜히 어색하게 꺼내서 보여주었다. 어쩌면 오늘 차를 가지고 온 게 잘한 일인지 모른다. 만약 택시를 타고 왔더라면 뭐라고 핑계를 댈 수 있었을까….

"아, 그럼 술은 못 드시겠네요."

성현은 군말 없이 상황을 정리했다.

목소리는 정중했지만 냉기가 서려 나는 그 자리에 얼어붙고 말았다. 정작 인사만 하고 가겠다는 사람은 소기의 목적을 달성했는데도 그대로 가지도 못하고 억울한 사람처럼 서 있었다. 가만히 서 있을수록 우스워질 뿐인데.

많아야 이십 대 후반으로 보이는 여자아이 둘은 이내 내게서 관심을 끄고 그들만의 화제로 옮겨갔다. 그들은 무슨 말을 할 때마다 목소리에 교태를 섞었다. 물론 그 여자애들은 나나 나의 책에 일말의 관심도 없었다. 자칭 팬이라고 호들갑 떠는 여자애들 중에 내 책을 제대로 읽어본 이는 어차피 드물다는 것을 경험을 통해 알고 있었다.

여자아이들의 놀랍도록 희고 통통한 허벅지가 내 시야에 명징하게 들어왔다. 젊음의 치기 어린 살덩이. 그 끔찍함에 속으로 분노가 치밀어 올랐다.

정작 그 여자애들이 나를 올려다보는 눈빛에는 '이 아줌마는 대체 누군데 문 닫을 시간에 와서 이러지?'라는 호기심과 짜증이 숨겨져 있었다. 나야말로 그들의 유쾌하고 오붓한 술자리를 망친 불청객이었을 테니까.

"네, 그럼 또…."

나는 꾸벅 고개를 숙이고 몸을 돌려 문으로 향했고 성현은 나를 잡지 않았다. 여자애들도 인사를 하는 둥 마는 둥, 사인을 받아놔야 한다느니 마느니 시끄럽더니 이내 서로의 빈 맥주잔을 채워주기에 바빴다.

나는 차로 돌아와 탈 때까지 꼿꼿하게 허리를 세우려고 애썼다.

그렇지 않아도 혹시 성현이 이곳을 찾는 다른 여자들한테도 친절한 것이 아닌지 궁금할 때가 있었다. 그것은 어쩌면 가게를 운영하는 사람으로서 당연한 접객 마인드일 수도 있었다. 여자 손님들은 뭔가에 대한 답례랍시고 작은 꽃이나 먹을 것 따위의 선물을 들고 오기도 했다. 그 모습을 목격할 때마다 속에서 부아가 치밀었다.

한편으로는 혼자가 된 남자에게 기혼 여자가 호감을 가지는 것은 미혼 여성들에게도, 상대 남자에게도 공정하지 못하다는 생각도 들었다. 그와 친밀해질 가능성이 있는 다른 미혼 여성들에게 어떤 면목 없음을 느끼기도 했다.

하지만 내가 그에게 직접 들은 바로는, 다시는 결혼할 생각이 없는 그로서는 미혼 여성인 손님과의 친밀하고 깊은 관계는 가장 원치 않은 것이었다. 어떤 의미에서는 기혼 여성이야말로 그에게 바라는 것도, 요구하는 것도 없는 친밀해지기 가장 편한 상대가 아니었을까.

그와 언젠가 이런 대화를 나눈 적도 있었다.

"그동안 한 번이라도 손님이랑 싸운 적 있어요? 이상한 손님이 '꼬장' 부릴 때도 있잖아요."

"없습니다."

그는 단호하게 대답했다.

"그럼 손님이랑 연애해본 적 있어요?"

나는 슬그머니 떠보듯이 물었다.

"없습니다."

더더욱 단호하게 그는 말했다.

"손님하고는 아.무.것.도. 안. 합.니.다."

그는 무슨 질문을 그렇게 하느냐는 듯 눈을 똥그랗게 뜨면서 이어서 강조했다.

나는 대체 무슨 생각을 하고 있었던 것일까.

혼자 무슨 착각을 하고 있었던 것일까.

내가 완전히 바보처럼 굴었다는 것이 스스로 용서가 되질 않았다. 왜 내가 모르는 그의 인생이, 그의 생각이 있을 수 있음을 간과했던 것일까? 내 오만함이, 내 착각이 너무 한심하고 부끄럽게 느껴졌다.

차에 시동을 걸어 신호등을 두 개쯤 지나왔을 무렵 눈에서 절로 끈적거리는 눈물이 흘러나왔다.

원하면 언제라도 보러 갈 수 있다.

보고 싶을 때는 내가 그에게로 가면 된다.

그는 언제나 그 자리에 있고 모든 것은 나한테 달렸다.

내가 원하는 그의 모습은 나의 개인적인, 아주 제멋대로인 욕망의 투영이었다. 사실 나는 가위눌린 것처럼, 할 수 있는 것이 아무것도 없었다. 그곳에 물리적으로 가는 것 말고는 할 수 있는 일이 하나도 없었다. 나는 가만히 있어야 했고, 수동적이어야만 했다.

그날 밤 나는 내가 결혼한 여자라는 사실, 내가 어떤 남자에게 법적으로 소속되어 있다는 사실을 새삼스럽게 통렬하게 재확인했다.

나에겐
서운해할 권리도,
불평할 권리도,
상처 받을 권리도
없었다.
그것은 어둡고 깊은 진실이었다.

집에 도착하자 조금 전까지만 해도 일본에서 사 온 선

물들로 기분이 좋았던 아이는, 자신이 부탁한 바나나우유 사 오는 걸 잊어버린 엄마의 무심함에 평소와는 다르게 으앙, 하고 사납게 울음을 터트리고 말았다.

17.

내게는 매일 아침 빠짐없이 해야 할 일들이 있었다. 어쩌면 그것이 당시의 나에겐 다행이었는지도 모른다.

자명종이 일곱 시 반에 울리면 눈을 뜨고 일어나자마자 부엌으로 향했다. 그나마 남편이 해외 출장으로 집에 없어서 한식 아침 식사를 따로 안 차려줘도 되는 것이 다행이었다.

간단하게 토스트를 굽고 계란프라이를 하고 오렌지 주스를 따라 테이블 위에 올려놓고, 윤재의 옷가지를 챙겨 방으로 가서 아이를 깨웠다. 물론 단번에 일어나지 못했다. 아이가 누워 있는 상태에서 바지를 입히고 상체를 세운 후 잠옷을 벗기고 상의를 입혔다.

손을 잡아끌어 화장실로 데려가 고양이 세수 하듯 씻기고 이를 닦였다. 통학 버스 시간에 맞추려면 머리는 따로 빗을 틈도 없었다. 매일 어떻게든 시간에 맞춰 유치원 버스에 아이를 태워 보내고 그제야 혼자가 되었다.

집으로 돌아와서 바로 서재의 책상으로 향하려고 했지만 거실 바닥의 먼지가 눈에 띄어 그것부터 치우기로 했다. 바닥을 치우고 나자 부엌의 설거지가 신경 쓰여서 싱크대 앞에 섰다. 부엌에 간 김에 냉장고를 열어보니 식재료가 모자랐다. 온라인 슈퍼마켓에 접속해 주문을 하고 오후 다섯 시로 배송 시간을 맞춰놓았다.

집안일을 마친 뒤 소설 원고 파일을 열고 엉덩이를 굳히고 앉았다. 밖에서 일하다가 집에서 하니 갇힌 느낌이 들었다. 그렇다고 다른 곳에 가서 작업하는 것도 내키지 않았다.

두어 시간 원고를 쓰는 동안 택배를 두 번 건네받고 도시가스 점검을 받았다. 일 층 경비실에서 건 전화를 무시하고 받지 않을까도 생각했지만 마치 네가 거기 지금 있는 것을 알고 있다는 듯 쉬지 않고 울리는 바람에 무시할 수가 없었다.

점심시간이 훌쩍 넘어서야 어젯밤 만들어놓은 카레를 데워 부엌 선반에 기대서서 몇 숟갈 먹었다. 그러고는 다시 서재 책상 앞에 앉았다. 윤재를 데리러 갈 시간까지 앞으로 두 시간이 남았다.

하루하루를 꽉 채워서 살아내려고 일 하나를 끝내면 서둘러 다음 스케줄을 소화하는데도, 내게 하루는 너무나 더디게 흘러갔다. 눈에 보이는 것들은 색깔을 잃어갔고 나는 껍데기만 분주하게 움직였다. 머릿속으로 무감각을 가장했다가 기억을 상기시키는 자극 앞에 노출되면, 생생한 고통 속에서 마음 아리기를 반복했다.

특히나 저녁이 되어 어둠이 밀려오는 것이 두려웠다. 몸이 물리적으로 바쁘지 않은 시간, 밤중에 잠자리에 누워 천장을 바라보고 있으면 마음의 아픔이 스멀스멀 되살아나는 것을 느꼈다.

손만 뻗으면 바로 앞에서 성현의 얼굴을 만질 수 있을 것만 같았다. 그러다가 환영은 순식간에 사라져버리곤 했다. 여태까지 두 사람의 관계는 특별한 것이라고 생각했건만 이렇게 부질없이 끊어진 것이다. 이것이 현실이었다.

나는 아직 그를 마음속에서 내보낼 준비가 전혀 되어 있지 않았다. 하지만 겉으로 보이는 나의 인생은, 평화로웠다. 성현을 알기 전까지는 속으로도 이렇게 평화로웠을 것이다.

결코 다시는 그때로 되돌아갈 수 없다.

"짧게 잘라주세요."

미용사가 너무 짧은 머리는 어울리지 않는다고 해서 결국 타협을 보았다. 머리를 어깨 길이까지 잘랐다.

가위가 머리 사이를 지나갈 때마다 기억들도 더불어 잘려 나가기를 바랐다. 미용실의 거울을 통해 머리를 손질하고 나가는 사람들의 모습을 지켜보았다. 다들 저마다 훨씬 더 멋지고 예뻐져서 이곳을 빠져나갔다.

저녁에는 석 달 만에 고등학교 때 친구 선영을 만나러 갔다. 선영은 고등학교 일 학년 때 같은 반 친구로 모범생이자 반장이었다. 반면 나는 혼자 지내는 것을 좋아해서 처음엔 반에서 조금 겉돌았는데, 그래서인지 같은 반의 드센 여자애들한테 괴롭힘을 당할 뻔했던 적이 있었다. 그때 나를 구해준 것이 선영이었다. 반장이라서가 아니라 그 유연하고 이해심 많은 성격 때문에 캐릭터와 상관없이 반 아이들은 두루 그녀를 좋아했다.

그런 그녀가 나에게 흥미를 가져 어느덧 나와 가장 친한 친구로 고등학교 삼 년 내내 지내게 되었다. 그녀는 무슨 말을 해도 유연하게 상황을 이해해줄 수 있는 친구였다. 선영은 대학도 나보다 더 좋은 곳에 들어갔지만 졸업하자마자 같은 과의 이 년 선배와 결혼한 후 내리 아이 셋을 낳으며 집에 들어앉았다. 나는 아이만 키우기에는 그녀의 두뇌와 재능이 너무 아깝다고 생각했다.

"너만큼은 보통 아줌마로 살 거라고 생각하지 않았어. 내 생각이 맞았지."

내가 소설가가 된 후 가장 기뻐하고 자랑스러워한 것도 선영이었다.

그 서글서글하고 푸근한 성격은 여전하여 우리는 지금도 바쁜 와중에 시간을 내 만나려고 노력했다. 가슴이 바짝바짝 타들어가 마음을 잡지 못하고 허덕이던 나는 그 어느 때보다 그녀의 넉넉한 품이 필요했다.

선영은 운동을 매일 해서 그런지 겉으로 봐서는 전혀 아이 셋을 둔 엄마 같지 않았다. 그녀의 생기가 낯설고 부러웠다.

"지운아, 너는 볼 때마다 날씬한 걸 넘어 말라가네. 운동 따로 안 하니? 요샌 수영 안 해? 이제 우리 나이 때는 운동 뭐 하나라도 꼬박꼬박 해야 돼."

선영은 꾸준히 수영을 해서 지금은 선수급이었다. 몸매도 탄탄했다.

한때 선영의 추천으로 나도 수영을 다녔다. 동네 수영센터의 오전 여성반을 피해 오후 혼성반에 가입했다. 오전 수영반에 들면 동네의 모든 여자들과 알고 지낼 수밖에 없었고 나는 그것만은 피하고 싶었다. 반면 오후 혼성반은 자유직종 종사자나 학생들이 많아 수강생들이 서로 인사도 안 하고 아는 척도 하지 않아 속 편했다. 하지만 원고 마감이 다가오자 결국엔 시간을 낼 수 없어서 몇 달 못 가 그만둘 수밖에 없었다.

"시간이 잘 안 나네. 윤재 유치원 다녀오는 시간 맞추려면 하루가 너무 짧아. 1부, 2부로 노동 시간이 나뉜 것 같아."

"그러지 말고 수영 다시 다녀. 글 쓰기 위해서라도 몸이 순환이 돼야지."

"하지만 수영센터라는 곳은 조금 번잡스럽긴 해. 동네 사람들도 다 알게 되고."

'난 지금 운동할 마음도 안 생겨….'

"그건 그래. 그나저나 우리 동네 수영센터는 지금 닫네 마네 난리란다."

"그게 무슨 말이야?"

선영은 최근에 동네 스포츠센터 수영장에서 일어난 남자 수영 강사와 연상의 학부형 엄마의 일에 대해 이야기해주었다.

그 엄마는 자신의 감정에 겨워 수영 강사와 사랑에 빠진 것을, 함께 수영을 다니는 '친한 동생들'한테 말했다는데, 당연히 그 사실은 삽시간에 수영센터의 기혼 여성 회원들 입에 오르내리기 시작했다. 그러니까 말하자면 사랑에 빠진, 한 결혼한 여자의 스캔들이었다.

"그 수영 강사는 예전에도 학생들 엄마들이랑 그렇고 그런 일로 유명한 사람이었어. 그런데 하필 주임 강사라 관장이 알면서도 자르질 않아요."

선영의 일상에서는 이 소식이 가장 흥분되는 뉴스임이 틀림없었다. 그녀는 내가 그 이야기에 한껏 같이 흥분해주기를 바랐지만 나는 차마 그러지 못했다.

"그런데 그 엄마가 너무 푹 빠져서 수영 강사가 부담스러운지 자꾸 피해 다니나 봐. 자기가 먼저 유혹해놓고선 말야. 나중에는 수영 강사가 대놓고 사람들 앞에서 그 엄마 무시하고, 그 엄마는 더 매달리고 잘하려고 애쓰는 게 모두의 눈에 띄고…. 아주 민망해서 못 봐주겠어. 무슨 삼류 소설 같지 않니? 사람들이 알건 말건 대놓고 사랑에 푹 빠진 눈빛으로 애정을 갈구하는데 정말 센터에서 같이 수영하는 엄마들 다 어쩔 줄을 몰라 한다니까."

조용히 이야기를 듣고 있었지만 얼굴이 화끈화끈 달아올랐다. 이런 얘기는 그만해주었으면 좋겠다.

"이럴 때는 어떻게 해야 하는지…. 그 엄마한테 정신 차리라고 얘기해야 하는지, 아니면 수영장 관장한테 얘기해서 그 강사 좀 통제 잘하라고 해야 하는지 모르겠어. 지운아, 너는 어떻게 생각하니?"

선영이 눈을 반짝반짝 빛내면서 진심으로 심각하게 물었다. 나는 선영의 부담스러운 시선을 피하면서 대수롭지 않게 대꾸했다.

"주변 사람이 뭘 어떻게 하겠어. 그냥 놔둬야지. 그들의 문제잖아."

"음, 역시 그렇겠지…? 너무 오지랖이겠지? 그런데 그 엄마 직접 보면 정말 전혀 그런 짓 할 것처럼 안 생겼거든. 나이도 벌써 마흔이고 말야. 나한테는 언니뻘이지만 정말 착하고 순진한 여자야. 그런데 여자는 알 수 없더라. 아이가 있어도 남자 때문에 그렇게 변할 수 있더라고…. 아이만 너무 불쌍하지 않니?"

그런 짓 할 것처럼 생기고 안 생긴 얼굴이란 무엇일까. 선영의 관점에서 나는 어떻게 생긴 얼굴일까. 만약 선영이 지금 건너편에 앉아 있는 그녀의 절친한 친구 역시도 남편이 아닌 한 남자에게 열정을 품었다는 사실을 알게 된다면 어떤 표정을 지을지 궁금했다.

이 바쁜 와중에도 오늘 왜 선영에게 만나자고 했는지 그제야 깨달았다. 나는 선영에게 성현과 있었던 일을 고백하고 싶었던 것이다. 그러나 선영이 수영센터에서 벌어진 일에 대한 속내를 먼저 얘기해줌으로써 나는 고백하고 싶은 충동을 억누를 수 있었다. 선영이 내 입을 막은 셈이었다. 말하고 나면 분명히 후회할 일이 생겼을 것이다.

애기했다면 선영은 뭐라고 대꾸했을까? 내가 상상하는 것보다 무척 놀라고 나를 그녀의 잣대로 판단했을지도 모른다. 친구 사이 자체가 위태로워질 수도 있었다. 과거 많은 것들에 대해 자유롭고 열린 생각을 가진 선영이었지만 이 문제에 있어서만큼은 보수적인 생각을 가지고 있음을 알게 된 것이다.

설명한들 그녀는 친구에게 벌어진 현실을 애써 무시하고 경시할지도 모른다. 그리고 '그 사람은 그냥 직업상 잘해준 거고 네가 작가니까 신기해서 그런 것뿐이야'라고 애처로운 눈빛으로 말할 수도 있다. 그것은 가장 듣고 싶지 않는 말이었다.

글 쓰는 일을 하다 보면 본의 아니게 주위 여자들이 자신의 비밀을 털어놓을 때가 많았다. 일도 어느 정도 안정권에 들어섰고 아이들은 알아서 잘 크는데 대체 무슨 고민이나 비밀이 있을 수 있을까. 오로지 하나, 혼외연애 문제였다.

"사실 아무한테도 말 못했는데 지운 씨라면 편견 없이 이해해줄 것 같아서요. 소설가잖아요."

144

남녀를 막론하고 얼굴이 벌겋게 달떠서 그들은 내게 울컥 그 사실을 고백하고 말았다. 다른 누군가를 좋아하게 되었다고. 입을 막기도 전에 그들은 불시에 뱉어버렸다. 이제 나는 누군가의 내밀한 고백을 또 하나 내 안쪽 주머니에 넣고 밀봉하는 수고를 해야만 했다.

　그들은 대개 배우자를 꽤 사랑하고 또 잘해주었다. "남편은 내가 이러는 걸 상상도 못 할 거예요"라고들 했다. 어쩌면 상상도 못 할 거라서 속상하고 억울해 보였다. 나의 결핍을 전혀 눈치채지 못할 정도로 배우자가 둔감하다는 것이고, 설사 그 결핍을 솔직하게 말한다고 해도 이해조차 못해준다면 더욱 절망적일 것이기 때문이었다.

　부부는 서로에게 점점 익숙해지고 편해지므로 굳이 솔직하기까지 해서 불편한 상황을 만들고 싶어 하지 않았다. 그렇게 가면을 쓰고 자연스럽게 살아왔다는 것을 본인들도 미처 자각하지 못했다. 그 누군가를 만나기 전까지는.

　그들이 고해성사를 할 때는 대개 한창 뜨겁게, 애달프게 연애 중인 시점이었다. 열정적으로 사랑에 빠져 있을 때 희열과 기쁨은 최고조에 달하지만 그만큼 죄책감은

저 깊이 바닥을 치니까. 차라리 위태로운 줄다리기로 이별의 국면으로 치닫고 있을 때는 제3자에게 고백 따위 안 한다.

타인의 고해성사를 듣고 싶지 않은 것은 결코 윤리적인 이유 때문이 아니었다. 나는 세상의 모든 형태의 사랑을 인정하는 입장이었다. 그 어떤 잣대나 편견을 가지고 있지 않았다.

사랑은 '하는' 게 아니라 '빠지는' 것이니 어쩔 수 없는 일이라는 체념이 있었다. 배우자가 있음에도 연애를 하는 것은 감기에 걸리는 것과 같다고 생각했다. 감기니까 처음부터 계산하거나 예상할 수 있는 문제는 아니었다. 사람들의 '의도하진 않았다, 어쩔 수 없었다, 나도 내가 이럴 줄 몰랐다'라는 부분은 그렇게 이해할 수가 있었다.

그러나 그다음에도 지속하는 것은 그들의 의지가 담긴 문제였다. 그들은 그 관계를 지속하기로 직접 '선택'한 것이고 그것은 전혀 '불가항력'이 아니었다. 전적으로 그들의 책임이 따르는 일이었다. 연애하기로 했으면 스스로 감당하는 것이다.

나에게 혼외연애에 대해 고백하지 않았으면 하는 이유

는, 공정성 문제 때문이었다. 이렇게 큰 비밀을 혼자 마음 속으로 담아두기가 쉬운 일이 아니라는 것은 이해되었다. 죄책감도 있고, 들킬까 봐 두렵기도 하고, 사실 온 세상에 자랑하고 싶기도 하고, 누가 나 좀 말려줬으면 싶기도 하고, 마음이 복잡할 것이다.

불륜이라도 연애를 하는 편이 낫다는 것을, 사실은 어떻게든 설득하고 싶고 이해받고 싶은 것이다. 자신은 다른 차원의 세계, 너는 모르는 성숙한 어른의 세계를 살고 있다고 드러내고 싶기도 할 것이다. 그들은 모든 것을 폭로하고 싶은 욕망에 시달렸다.

하지만 그것을 입 밖으로 내어 고백을 한다는 것은 그 순간의 마음을 편하게 하기 위해 자신의 연애 상대와 상담 상대를 위험에 빠뜨리는 짓이다. 믿고 고백한 상대도 지극히 취약한지라 또 다른 '믿고 고백할' 사람에게 '아무한테도 말하지 마'라며 말을 옮길 수도 있다. 당사자도 시원한 마음은 잠시, 뒤돌아서면 혹시나 이 사람이 다른 사람한테 말을 옮기지는 않을까 불신감이 생겨 관계가 위태로워진다.

"나한테 그런 얘기 하지 말아요. 우리 앞으로 얼굴 못

볼 수도 있어요."

그들이 '그런' 이야기를 하려는 분위기를 풍기면 나는 앞질러서 미리 이렇게 말해버렸다.

속이 답답해서 미칠 것 같은 상대는 내가 방어막을 친 것에 자못 서운한 표정이었다. 그러나 자신이 그 순간 위로받기 위해 주변 사람들을 불편하게 하거나 위태롭게 할 가능성은 사전에 차단해야 했다. 그것이 최소한의 속죄였다.

인간은 기본적으로 제멋대로지만 그래도 그 이기적인 행동에 책임을 지려 하기 때문에 인간다워질 수 있는 것이다. 책임을 진다는 것은, 불안함과 찜찜함이 마음을 좀먹더라도 그 비밀을 무덤에 갖고 갈 때까지 '혼자' 짊어지고 감당해야 하는 것이다. 어차피 어떻게 하면 좋을지는 상담자 본인이 이미 너무나 잘 알고 있었다.

세상에서 가장 바보 같다 못해 잔인한 것은 자신의 외도 사실을 배우자에게 고백하는 일이었다. 진실을 말한다는 것의 미덕은 이때만큼은 해당되지 않았다. 그것은 자신의 내적 갈등을 해소하고자 상대를 깊은 혼란과 좌절 상태에 빠지게 만들 뿐이었다. 그것을 아는 이들은 그래서, 배우자에게 고백하고 싶은 충동을 억누르기 위해 이렇게 제3자를 고해성사의 대타로 이용하는 것이다.

　수영센터의 '사랑'에 빠진 그 여자에 대해 이야기할 때 선영의 눈빛에서 스치듯 발견한 것은 경멸과 질투가 복잡하게 섞인 감정이었지만, 나는 그 애 엄마를 경멸할 수가 없었다. 그녀에게는 그것도 엄연한 가슴 시린 사랑일 것이다. 다만 자신의 말 못할 연애에 대해서는 그 누구한테도 말하지 말았어야 했다.

　아까도 말했듯이 자기 혼자만의 비밀로 무덤까지 갖고 가야 그에 대한 책임을 지는 것일 텐데, 그러니까 굳이 내가 경멸을 한다면 그것은 그 가벼운 입에 대한 경멸이었다. 한 사람의 고귀한 사랑의 감정이 누군가의 수다 재료로 이용될 때, 사랑은 냄새 나도록 상하고 썩어버렸다. 그것은 사랑에 부당했다.

　그럼에도 내가 오늘 선영을 보러 나온 것은 성현에 대해서 고백하고 싶어서였던 것이다. 남들이 자기 비밀을 털어놓는 것을 한심해하던 내가, 바로 그 일을 하려고 했던 것이다.

내가 매몰차게 대했던 '사랑에 빠져 있던 그들'의 얼굴들이 하나둘 스쳐 지나갔다. 그러니까 남에 대해서는 함부로 말해서는 안 되었다. 나 역시도 겨우겨우 울컥하는 것을 참아가며 입을 막고 있었으니까.

선영이 나에게 조금만 더 예민하게 관심을 기울였다면, 내가 그때 속으로 하염없이 흐느끼고 있음을 감지했을 것이다. 그랬더라면, 나는 내가 선영 앞에서 어떤 모습을 보였을지 장담도, 상상도 못하겠다. 감정에 휩싸이면 오로지 현재만이 중요하니까.

한편으로는, 나중에 후회해도 좋으니까 그 순간만이라도 모든 것을 털어놓을 수 있었다면 좋았을 텐데 하는 생각도 했다. 그런 감정이 내 안에서 요동치자 나는 비로소 '사랑에 빠져 있던 그들'을 처음으로 마음 깊이 이해할 수 있었다.

사람을 사랑하는 행위는 지극히 이기적인 것이었다. 어쩌면 아무것도 알지 못한 사람은, 아무것도 이해하지 못했던 사람은, 그들이 아닌 나였는지도 모른다.

18.

크리스마스 장식의 불빛이 겨울 거리를 영롱하게 빛내고 있었다. 올해도 어김없이 찾아오는 크리스마스 시즌, 가족들과 더 가까워져야 한다고 하는 계절. 항간의 그런 교훈적인 이야기에 귀 기울이는 것도 나쁘지 않을 것 같았다.

가족들에게 집중하고 나 자신을 챙겨주고도 싶었다. 그렇게 해서라도 공허해진 마음을 어떻게든 구제해보려고 했다. 그리고 삶의 의욕을 되찾으려면 '의'와 '식'이라도 신경 쓰는 것이 옳았다. 그러나 결과적으로 그 시도는 실패로 끝났다.

평소에는 가지 않는 백화점을 찾았다. 우선 나를 위해 새 옷을 사기로 하고 몇 개 층을 돌아다녀봤지만 방황만 했다. 밖으로 돌아다니며 사람을 만나는 직업이 아닌, 틀어박혀서 글 쓰는 직업은 많은 옷을 필요로 하지 않았다.

딱히 지금 새 옷이 필요한 것도 아니었다. 그런 상황에서 백화점에서 옷을 보고 다닌다는 것은 허무한 허세였다.

"특별히 찾는 거 있으세요?"

"아뇨, 그냥 보는 중이에요."

줄줄 뒤를 쫓아다니며 '잘 어울릴 것 같다'며 추임새를 넣는 직원들에게 일일이 대꾸하는 것도 스트레스였다.

결국 나를 위한 물건을 사는 것을 포기하고 대신 식재료나 사서 가자 싶어서 지하층에 있는 백화점 식품 매장으로 향했다. 최소한의 식재료만 카트에 집어넣었다고 생각했건만 계산대에서 합산된 금액 앞에 입을 다물 수가 없었다.

이래서 평소에 안 하던 짓을 하면 안 되는 것이다. 하지만 마음먹으면 옷을 사지 못할 것도 아니고 식재료를 한가득 쟁여놓지 못할 것도 아니었다. 다만 내가 스스로에게 마음으로 허락하지 않았다.

기분 전환을 위해 나선 백화점 나들이가 결과적으로 몸과 마음만 더 피곤하게 하고 나의 본연의 상태를 적나라하게 알려준 셈이었다.

어쨌거나 사 온 식재료들을 가지고 집으로 돌아가 남

편이 좋아하는 탕을 끓였다. 재료가 많이 들어가는, 시간과 정성이 들어가야 더 맛있는 요리였다. 진한 국물 냄새가 집 안을 가득 채웠다. 아이는 배고프다고 보채서 먼저 저녁을 간단히 먹였다.

여덟 시가 다 되어서야 남편이 현관문을 열고 들어오는 소리가 들렸다. 그는 부엌에서 흘러나오는 냄새를 맡으며 신발을 벗었다.

"오늘은 국이 뭐야?"

본래대로라면 현관으로 마중을 가서 당신이 좋아하는 탕을 끓였노라고 보란 듯이 얘기를 해야 했다. 그리고 그가 어린아이처럼 해맑게 웃으며 좋아하는 모습을 흐뭇하게 바라봐야 했다.

그런데 정작 그 반대의 반응이 속에서 일어났다. 분노가 치밀었다. 몸 깊은 곳에서부터 생각지도 않은 울화가 치밀어 목 끝까지 올라왔다. 국이 없으면 밥을 못 먹는 이 남자.

'오늘은 국이 뭐냐고?'

그 말이 가슴을 둔탁하게 찌르고 목이 메게 했다. 국이라는 한 글자 단어가 나의 존재를 부정하고, 국이 내가 그동안 쌓아온 작가로서의 커리어보다 더 높은 지위에 있는 것만 같았다. 내가 너무 예민해져서 과장되게 생각한 것일까?

왜 한국 남자들 중에는 '국 없으면 밥 못 먹는 남자'라는 유형이 당당하게 존재하는 것일까. 왜 한식 식단에는 필수적으로 국이 존재하는 것일까. 그 염분 덩어리는 만들기 쉬운 듯하면서도 재료 손질은 은근히 번거로웠다. 음식물 쓰레기도 가장 지저분한 형태로 배출되었다.

무엇보다 여러 재료들이 섞이는 양상이 나는 기분 나빴다. 하물며 거기에 밥까지 말아 먹는다면, 그것은 솔직히 내 눈엔 그저 개밥으로밖에 안 보였다.

밥과 국을 말아 먹는 남편의 식습관은 내 미의식으로는 참을 수 없지만 개인의 취향이기에 존중해야 했다. 하지만 이제 유치원생인 윤재가 제 아비와 똑같이 식탁에 앉자마자 무조건 국에 밥부터 호기롭게 말기 시작하는 모습을 볼 때면 그 섬세하지 못함에 나는 실망했다.

그러나 잘못은 국에게 있다고 생각하기로 했다. 나는 남편을 증오하는 게 아니라 국이라는 음식을 증오하는 것이다. 속으로 심호흡을 두 번 깊게 한 다음에 천천히 입을 열었다.

"응, 꽃게탕이야. 어서 씻고 와서 먹자."

나는 세상에서 가장 상냥하고 인내심 있는 아내여야
했다.

그다음 날이 토요일이라 남편이 윤재와 수족관에 가
자고 했다. 근래 들어 저녁 약속이 많아 가족들과 시간을
많이 보내지 못해서인지 미안한 마음이 있었던 것 같다.
나는 피곤하다며 둘이 다녀오라고 했지만 윤재가 엉겨
붙었다.

"엄마 없으면 어디에도 가기 싫어!"

아빠와 아들은 수족관을 몹시 좋아했다. 가족 중에 수
족관을 좋아하지 않는 사람은 나뿐이었다. 하지만 나는
사랑하는 아이의 요청을 거절할 수가 없었다.

남편은 마음만 앞섰던 것인지 호탕한 가장의 선언과는
달리 막상 수족관에 가자 무리해서 가족 서비스를 하고
있는 게 적지 않게 티가 났다. 태도가 거칠어졌고 별것도
아닌 일에 짜증을 냈다. 우리는 수족관만 돌고 저녁을 먹
기 전에 귀가했다.

오후 늦게 집에 와서 나는 다시 저녁 식사를 준비해야 했지만 남편은 안방에 들어가서 잠을 청했다. 여기까지는 이해했다. 어린아이보다 더 심하게 짜증내는 모습은 오늘은 더 이상 봐줄 수가 없었으니까. 한숨 자고 나면 누그러들겠지. 저녁밥이 다 되어서 남편을 깨우고 우리는 무사히 식사를 마쳤다.

그런데 나의 분노가 어제에 이어 또 한 번 끓어올랐다. 남편의 악의 없는 질문 탓이었다.

"우리 집에 과일 있던가?"

남편은 설거지하는 내 뒤에서 왜 이런 질문을 해야 했을까.

나는 그 질문에 살의를 느꼈다. 그는 대놓고 과일을 깎아달라고 말하진 못했다. 어떻게 그 나이 되도록 과일 하나 깎는 법을 모르나 싶었지만 항상 해주는 누가 옆에 있다 보면 사람은 할 줄 아는 것이 없는 존재가 된다.

차라리 대놓고 깎아달라고 부탁하면 이 정도로 울화가 터지지는 않을 것이다. 저 남자는 저렇게 돌려서 표현하면 배려심 있고 강요하지 않는 남편이 될 거라고 생각하는 것일까.

정말 대놓고 부탁하기 미안하니까 저렇게 간접적으로 질문했을 수도 있지만 그렇다 하더라도 화가 났다. 부탁하기 미안하면 부탁하지 않아야 하는 것 아닐까. 과일 깎는 법을 배우면 본인도 얼마든지 스스로 할 수 있는 일이 아닌가. 아니면 그런 일이기 때문에 할 필요성이나 의미를 느끼지 못하는 것일까.

설거지하느라 등을 돌린 채로 있길 다행이었다. 바보처럼 내 눈에선 눈물이 뚝뚝 흘렀으니까. 그 모습을 그가 보기라도 했다면 정말 의아해했을 테니까. 설거지를 마치고 나니 눈물도 어느덧 말랐다.

나는 냉장고에서 과일 중 남편이 특히 좋아하는 배를 꺼내, 풍족하게 깎아서 거실의 테이블로 내갔다. 소파에 누워 있던 남편은 엉거주춤 일어나 앉아 기계적으로 말했다.

"당신도 와서 좀 먹어."

분노는 밤늦도록 수그러들지 않아 나는 남편을 괴롭히고 싶었다. 그가 무척 피곤하다는 사실을 익히 알았다. 오히려 그렇기 때문에 그에게 다가갔다. 어제 국을 끓이면서, 아까 과일을 내가면서 품었던 화를 지금 다 당신이 풀어줄 수만 있다면. 이렇게라도 그를 몰아세우지 않으면 견딜 수가 없었다.

남편은 자려고 침대에서 등을 돌리고 누워 있었다. 그의 등을 왼손으로 거칠게 만지기 시작했다. 평소 자주 하는 행동이 아니었기에 그것이 무엇을 의미하는지 그가 모를 리 없었다.

그는 모른 척, 나의 왼손을 자신의 손으로 잡아 허리춤으로 옮기더니 내 팔을 자신의 배꼽 앞으로 모아서 두 손으로 도망가지 못하게, 아무것도 못하게 꼭 붙잡았다. 덕분에 내 몸은 그의 등에 딱 붙게 되었다.

내가 여기서 팔을 풀어 그의 아랫배로 손을 뻗는다면 나의 메시지는 명백해졌을 테지만 내 손은 그 앞에서 움직임을 멈추었다. 여기서 또 한 번 거절당한다면 정말 견딜 수 없을 것 같았다.

나는 그가 먼저, 더 적극적으로 다가와주기를 기다렸다. 거절은 그때 내가 해야 하는 것이었다.

그러나 남편은 내 팔을 그대로 끌어 잡고 조금씩 졸기 시작했다. 내가 신경이 곤두서 있는 것이 신경 쓰이는지 완전히 잠들지도 못하면서, 그렇다고 어떤 행동을 하지도 않았다. 피곤하고 내키지 않았으므로. 그러나 아내가 좀 더 확연히 원한다는 신호를 준다면 언제라도 그는 사나이답게 약속을 지킬 것이라고, 그는 소리 없이 말하는 듯했다.

나에게 늘 선택을 일임하는 기회주의적인 처사에 나는 더욱 그를 마음속으로 미워하며 소리 나지 않게 시큰시큰 눈물을 흘렸다. 우는 것을 들키는 것도 원치 않았다. 들켜버리면 정해진 대로의 다툼과 짧은 정사가 기다리고 있을 것이다.

이 상황에서 내가 가장 원치 않았던 것은 자존심을 짓밟는, 엎드려서 절 받는 식의 정사였다. 울화는 어디로 향해야 할지 방향을 잃은 채 허공을 헤매고 있었다.

내가 화가 난 대상은 남편 이상으로 나 자신이었다. 하지만 지금 괴롭힐 수 있는 사람은 바로 옆에 있는 이 남자밖에 없었다.

19.

거짓말처럼 고등학교 동창 윤주의 남편이 돌연사했다. 회사에서 야근하다가 그대로 자리에 엎어져서 가버렸다고 했다.

장례식장에는 사람들의 모습이 거의 보이지 않았다. 양가에서 알리지 않은 모양이었다. 아이가 없는 윤주는 홀로 상주로 빈소를 지키고 있었다.

고인의 어머니는 계속 방에서 목 놓아 울며 동료나 친구 들이 보일 때마다 "평소에 얼마나 힘들었으면" "아이가 없으니까 애비가 집에 일찍 일찍 들어갈 마음이 없었던 거지"라며 며느리를 겨냥하는 듯한 말로 윤주를 더욱 힘들게 했다.

친구는 너무 많이 울어서 반쯤 넋이 나간 표정이었다. 나는 향을 하나 피우고 두 손을 합장해 절을 하고 상주와 맞절을 한 후 그 옆방으로 들어가서 한 테이블에 혼자 자리를 잡고 앉았다.

　윤주와 마지막으로 만났던 반년 전, 그녀는 남편과 사이가 안 좋아서 함께 이혼을 심각하게 고려하고 있다고 털어놓았다.

　"사람들은 우리 사이에 아이가 안 생겨서 그렇다고들 하는데 단순히 그런 문제가 아니야. 남의 일이라고 단정지어 말하긴 쉬울 테지만."

　윤주는 거기서 잠시 침묵을 지키더니 조금 궁리하다가 조용히 말을 이었다.

　"혹시나 그렇게 된다면… 집도, 재산도, 다 그이한테 주고 깔끔하게 몸만 나가고 싶어. 그럴 마음의 준비가 되어 있어."

　"네가 왜?"

　나는 놀라서 윤주에게 되물었다.

　"왜냐하면 지운아… 잘못은 내가 했거든."

　윤주는 울렁거리는 눈빛으로 나를 뚫어지게 쳐다보면서 말했다.

　인간인 이상, 누구나 언제라도 잘못을 할 수 있다. 윤주의 촉촉하고 그렁그렁한 눈빛에서 나는 사랑에 빠진 기색을 어렴풋이 느꼈다. 그럴 때는 친구로서 그저 조용히 기다릴 뿐이었다. 이야기하고 싶으면 하고 하기 싫으면 하지 않는 것이다.

윤주는 그 이상은 말하지 않고 답답하다는 듯이 한숨을 몰아쉬더니 잠시 담배를 피우고 오겠노라고 자리를 떴다. 다음에 만날 때쯤 필요하면 얘기하겠지 했는데 그 다음이 이 장례식이었다.

지난 십 년간 딱 한 번 '이혼'이라는 단어를 입 밖으로 꺼낸 적이 있었다. 남편과 아이가 있어도 지독한 고독을 느끼고 있을 때였다. 그때 남편은 진심으로 화를 냈고 다시는 그 단어를 자기 앞에서 꺼내지 말라고 했다.

남편과 헤어지는 방법에 대해서 곰곰 생각해보았다. 이혼이 불가능하다면 남편이 죽는 것밖에 없었다. 내가 먼저 죽거나. 어쨌든. 그래서 나는 남편의 장례식을 상상해보곤 했다. 내가 검정 상복을 입고 머리에 흰 리본 핀을 꽂고 있는 모습도.

선영이 저만치에서 방으로 들어오는 것이 보였다.

"먼저 와 있었구나. 나도 빨리 온다고 왔는데 조금 늦었네."

"윤주 보고 왔어?"

선영은 몇 번이고 고개를 끄덕였다. 한참을 울고 왔는지 눈이 퉁퉁 부어 있었다.

"응. 하아… 이를 어쩐다니. 우리 윤주 불쌍해서 어쩌니."

선영은 타인의 불행에 항상 깊이 감정을 이입했다.

"그러게."

나는 짧게 맞장구를 쳤다.

"그런데 윤주네 시어머니는 왜 저렇게 저기 주저앉아서 계속 윤주를 탓하는 거니? 아무리 자기 아들을 잃었기로서니 너무하지 않니? 조문 온 사람들이 남편이 윤주 때문에 잘못됐다고 생각하겠다."

선영이 코를 풀면서 격앙된 목소리로 말했다.

"누군가를 탓하고 싶겠지."

윤주네 부부에 얽힌 문제에 대해서는 굳이 선영에게 알리지 않았다. 남의 부부 문제는 그 무엇도 진실을 알 수 없는 법이다. 그리고 죽은 자는 말이 없다.

귀가하면서 계속 나는 남편이 먼저 이 세상을 떠나는 상황을 상상해보았다. 남편의 귀가가 늦어져 경찰서에서 전화를 받거나, 남편이 해외로 출장을 갈 때 뉴스에서 비행기 추락 소식을 전해 듣는 모습, 시한부 질병을 앓는 모습도 상상해보았다. 그리고 남편이 죽음을 맞이하여 내가 혼자가 된 모습을 그려보기도 했다.

나는 온 세상을 잃은 것처럼 구슬퍼할까, 내심 자유로워졌다는 것에 홀가분해할까. 잘 모르겠다. 지금 윤주가 느끼고 있는 솔직한 감정이 궁금했지만 물어볼 수는 없었다.

다만 사랑에 빠지는 순간보다 이별의 아픔을 느끼는 순간이 인간과 인간의 관계에서 보다 더 강한 감정을 불러 일으킨다고 늘 생각해왔다. 그래서 남편과 맺어진 경험을 했으니 그와의 이별을 경험해보고 싶기도 했다.

적어도 한 가지는 확실했다. 남편이 죽으면 그 누구보다도 내가 가장 많이 기꺼이 슬퍼하리라는 것은.

20.

태국음식점에서 늦은 점심을 함께한 뒤 바로 헤어지고 싶었지만, 김성재 선배는 인근의 자기 작업실을 보고 가라고 끈질기게 설득했다.

남자들은 마음이 가는 여자에게 자기만의 방을 보여주고 싶어 했다. 마치 그 안에서 자신이 무척 중요하고 비밀스러운 일을 하는 사람이라는 것을 드러내고 싶은 것처럼. 더불어 그럼에도 불구하고 얼마나 자신들의 인생이 공허한지 절실하게 드러내고 싶어 했다.

선배는 아담한 오 층짜리 건물의 삼 층 절반을 혼자서 다 쓰고 있었다. 큰 창가에는 마 소재로 된 상아색 커튼이 달려 있고 창문을 열어놓은 채 환기를 시키고 있었다. 커다란 책상 위에는 책 몇 권과 데스크톱컴퓨터가 놓여 있고 벽 양쪽으로는 책장이 들어가 있었다. 책상 앞에는 삼인용 갈색 가죽 소파와 탁자가 놓여 있었다.

"이리 와서 앉아."

그는 찬바람이 들어오는 창문을 닫고 커피를 가지러 갔다.

"그래서, 아까 밥 먹는 동안 좀 생각해봤어?"

"네, 선배. 점심도 사주시고 좋은 기회도 알려주시고. 그런데 아이가 아직 어려서 한 달씩이나 떨어져 있을 수 있을지 모르겠네요."

선배가 커피 두 잔을 탁자 위에 올려놓았다.

"작가 레지던스 프로그램이 보통은 석 달이 넘는데 이건 고작 한 달인데 뭐. 폴란드 바르샤바대학, 아주 괜찮을 거야. 나는 소설 때문에 그 시기에 몽골에 취재를 가야 해서. 대신 추천할 작가 있으면 알려달라고 하길래 한지운 작가 어떠냐고 했더니 그쪽 담당자도 좋아하더라고. 이런 기회는 곧잘 없어."

"네…."

나는 머그잔을 만지작거리며 대답했다.

"…겨울의 동구는 춥겠죠?"

뜬금없는 나의 질문에 선배는 수염을 만지작거리며 생

긋 웃었다.

"아주 춥겠지. 정신이 번쩍 들 만큼. 나는 불가리아와 루마니아는 작년에 가봤어. 서유럽과는 완전히 달라, 기합이."

정신이 번쩍 든다는 말이 마음속에 콕 박혔다.

"선배, 여하튼 여러 가지로 감사드려요. 신중하게 생각해볼게요."

"아냐, 내가 뭘 한 건 없어. 참 지운 씨는 따로 작업실이 있던가?"

"…아뇨, 왜요?"

"폴란드 다녀와서 지운 씨도 작업실 하나 얻지 그래? 그 정도면 밖에 작업실 하나 내도 충분하지 뭘 그래. 경제적으로 형편이 안 되는 것도 아닐 테고…."

그는 몸을 앞으로 숙이면서 진지하게 제안했다.

"그래도 집을 비우게 되니까 낭비인 것 같기도 해서요. 오가는 시간도 낭비고."

"집에 있다 보면 아무래도 집에 더 신경 쓰게 되지 않아? 그리고 효율적인 거 따지기 시작하면 아무것도 못해. 사실 따지고 보면 우리가 하는 일 자체가 지극히 비효율

적이잖아."

"하긴 그러네요. 소설 쓰는 건 인생의 낭비라고들 하
니."

나는 바닥을 내려다보며 피식 웃었다.

"집 근처 오피스텔 같은 데 알아봐서 작업실 하나 내.
밖에 나와서 작업하는 건 아무래도 여자 작가들한테 더
필요할 거야. 생활과 바깥일을 분리할 필요가 있어."

그래도, 라는 말이 마음속에서 자꾸 맴돌았지만 굳이
대꾸하지 않기로 했다.

"만약 지운 씨가 작업실 내면 내가 오디오 시스템 하나
선물할게. 아니면 나도 외부에 일이 많아서 돌아다니는
경우가 많으니까 필요하면 이 작업실 써. 자리도 넉넉해.
원하면 여벌 열쇠 하나 줄게."

남자들은 자기만의 방을 마음이 가는 여자에게 보여주
고 싶어 했고 더 나아가서 그 방에 여자를 들이기를 원했
다. 마치 그곳에 유일하게 부족한 것이 바로 그녀였던 것
처럼.

선배의 관심과 배려를 보면서 남편에게 실망감을 품

었던 한 계절에 알게 된 다른 남자들을 기억했다. 그들은 한마디로, 사회적으로 출세한 남자들이었다. 외로운 나르시시스트들이기도 했다.

그들은 이름이 알려진 채로 사는 일의 고충을 알고 있었고 그것은 우리에게 동질감을 안겨주었다. 서로 엇비슷한 정도로 유명할 때 서로가 가장 편안할 수 있었다. 하지만 얼마 가지 않아 그들은 나에게 욕망을 품었고 그들이 아무리 세련되게 숨기려고 해도 그것은 절로 티가 났다. 차라리 둔감하면 그냥 스쳐 지나갈 텐데 나의 직업적 예민함으로는 그것이 안 되었다. 감지해버린 이상 분명히 거절하는 수밖에 없었다.

조건이 좋은, 사회적으로 성공한 전문직 남자들의 여자 소설가에 대한 부풀려진 호기심과 관심은 상상을 초월했고 무참하도록 순진한 면이 있었다. 과거 학생일 적 못 놀아본 모범생일수록, 아내가 정숙할수록 여자 소설가에 대한 환상이 컸다.

그들이 말하고 싶어 하는 것은 두 가지였다. 지금 네가 얼마나 잘났는지, 화려해졌는지, 유명해졌는지 몰라도 나는 너의 순수하고 취약했던 옛 모습을 이해하고 알 것만 같아.(이건 그들이 직접 소설을 쓰는 부분이다.)

또 하나는 지금 내가 얼마나 성공했는지 제발 좀 봐줘, 딱 지금의 너를 만날 수 있을 정도로 성공하지 않았니. 모든 것을 가진 남자들의 애정결핍과 인정욕구, 공허한 허세를 나는 그저 남의 일처럼 지켜볼 뿐이었다.

그 잘난 남자들은 상대 여자를 사랑하는 것이 아니라 자기 자신을 사랑했다.

새삼스럽게 과거의 일들을 떠올리면서 나는 내가 왜 성현을 좋아하게 되었는지를 생각했다. 누군가를 사랑하는 데에 뚜렷한 이유 따위 없어도 되었다. 그러나 누군가를 좋아하는 데는 곰곰 생각해보면 몇 가지 분명한 이유가 있었다.

나는 발이 땅에 닿아 있는, 살아 있는 실질적인 노동을 하는 성현이 좋았다. 그의 진지한 노동의 태도를 보노라면 뭐랄까 그가 하는 일상의 노동은 정직하고 옳아 보였다. 특히나 가만히 앉아서 머릿속만 분주하고 산만한 나의 노동에 비해서 말이다.

자기 자신을 증명할 필요가 없는 성현이 좋았다. 고요

하고 견고하게 취향과 품위를 간직한 성현이 좋았다. 다른 사람들을 전혀 의식하지 않고 자기 인생을 천천히 살아가는, 그리고 제법 그것을 즐길 줄 아는 성현이 좋았다. 세상 다른 남자들의 허세 가득한 몸짓이 눈에 보이면 보일수록, 스스로를 드러내지 않은, 드러낼 필요가 없는 자기충족적인 성현이 좋았다. 그는 번잡스럽고 혼잡한 세상 속에서 과묵하게 자신을 지키고 있었다.

나는 김성재 선배의 작업실 소파에 앉아 맛없는 커피를 마시며 이제는 잊으려고 마음의 준비를 단단히 한 그 남자를 다시 떠올리지 않을 수가 없었고, 여전히 그렇게 되고 마는 나 자신을 믿을 수가 없었다.

21.

　가을의 마지막 비가 몇 번을 스치고 지나간 거리에는 빗물에 젖은 빨간색, 노란색, 그리고 연갈색의 단풍나무와 은행나무 낙엽들이 모자이크처럼 수놓아져 있었다. 거리의 옷집 쇼윈도는 겨울 옷으로 채워지고, 거리를 지나는 사람들은 무채색의 두꺼운 옷을 입고 다녔다.

　눈부신 겨울이 성큼 다가온 아침에 미팅 장소로 걸어가는데 코와 귀가 기분 좋게 시렸다. 편집자가 제시한 약속 장소는 작고 앙증맞은 소품들로 가득한 카페였다.

　'그곳과는 참 다르네.'

　절로 어떤 장소를 떠올리고 비교하게 되는 습관은 여전했지만 다행히 편집자는 내가 자리에 앉자마자 바로 소설 원고에 대한 이야기를 꺼냈다.

　"좋아요. 기본 틀이 균형감 있게 잡힌 것 같아요."

　편집자가 일단 원고를 마음에 들어하니 더 이상 바랄

게 없었다. 겨우 마음을 붙잡고 작업한 원고였다.

"사실 원고에 대해서 제가 더 말씀드릴 건 없는 것 같아요. 이젠 원하시는 대로 보완하고 쭉쭉 수정해나가시면 되겠는데요? 수정 들어가기 전에 며칠 더 쉬시고요. 얼굴이 많이 상하셨어요."

한동안 거울을 보지 못했다. 무표정한 얼굴이 보기가 싫었다.

우리는 추가로 몇 가지 소소한 수정 사항에 대해 이야기를 나누고 출간 일시, 제목과 표지 디자인에 관해 의견을 나누었다. 생각의 방향이 잘 맞아 다행이었다.

"그럼, 말씀드린 부분만 다시 손봐주시고요. 오늘은 영화라도 보시거나 하면서 좀 쉬세요. 아, 맞다⋯"

편집자는 자신의 다이어리에 끼워져 있던 티켓을 한 장 꺼내 나에게 건넸다. 좋아하는 아티스트의 사진 전시였다.

"이 전시 보셨어요? 여기서 십 분만 걸어가면 이 미술관이 있어요. 같이 가고 싶지만 오늘 마감해야 할 책이 있어서 이만 사무실에 들어가 봐야 할 것 같아요. 작가님은 기분 전환도 하실 겸 꼭 보고 가세요."

"고맙습니다. 저도 보러 가려고 했던 전시예요."

취향이 맞는 편집자를 만나는 일은 행운이었다.

카페에서 나와 미술관까지 가는 길은 지그재그 미로처럼 복잡했지만 고즈넉하고 곳곳에 가정집 돌담길을 끼고 있었다. 미술관 자체가 하나의 아담한 주택처럼 그 한가운데 서 있었다.

흰 셔츠를 입은 미술관 직원에게 티켓을 건네고 계단을 한 층 올라가서 한 가족의 초상들을 흥미롭게 감상했다. 평일 낮의 미술관은 사람들이 적어 한적하고 조용했다.

내 마음에 처음으로 쏙 들어온 사진은 한 남자가 그의 아내를 뒤에서 껴안고 찍은 작은 흑백사진이었다. 두 사람은 너무나 편안하고 따뜻한 아우라에 휩싸여 있었다. 서로를 너무나 사랑하는 것이 절로 느껴졌다.

그때, 낭랑한 목소리의 한 남자가 옆에서 말을 걸었다.

"지운 님―"

'아…!'

나는 속으로 짧은 탄성을 내뱉었다.

번역가 석원이었다. 두어 달만이었던 것 같다. 그사이

이발을 했는지 머리가 많이 짧아져 있었다. 네이비 더플
코트에 회색 머플러를 두른 차림이 그에게 꽤 잘 어울렸
다.

밖에서 만나는 석원은 조금 낯설었지만 한편으로는 무
척 반갑기도 했다. 더불어 석원을 보아왔던, 내가 사랑했
던 그 공간이 생생히 떠올라서 몸이 가볍게 떨렸다.

"석원 씨!"

"그동안 안녕하셨어요? 여긴 웬일이세요?"

활짝 미소 지으며 그가 물었다.

"이 근처에서 편집자와 미팅이 있었어요. 그러는 석원
씨는요?"

"전 어제 번역 마감 한 권 끝내고 오늘 쉬려고 나왔어
요. 전시 좋죠?"

유쾌한 석원 씨.

한참을 싱글벙글 말없이 서로를 쳐다보고 있었다. 같은
공간에 머물면서 절로 정이 많이 들었나 보다. 그리고 우
리는 같이 천천히 이동하면서 사진을 관람했다.

"지운 님은 한동안 안 보이시던데요?"

그 질문에 가슴 한쪽이 쓰라렸다.

"시간이 부족해서 집에서 작업했어요."

나는 그의 시선을 피하면서 대답했다.

"되게 궁금했어요. 늘 오시다가 갑자기 안 나오시니까. 거기가 좀 그래요. 단골들끼리는 안 보이면 궁금하고 묘하게 허전해져요."

그는 옆 사진으로 자리를 옮기면서 진심을 담아 말했다.

"기억해주셔서 고맙습니다."

"사실 저도 저지만…"

석원은 잠시 뜸을 들이다가 말을 이었다.

"사장님이 되게 궁금해하시는 것 같았어요."

"네?"

석원의 그 말에 속이 갑자기 울렁거렸다.

"언젠가 손님에 대해 이렇게 말씀하신 적이 있어요. '또 올게요'라고 하면서 다시는 오지 않는 사람들이 있다고요. 처음에는 왜 안 올까, 내가 뭘 잘못했을까 고민해봤지만 시간이 지날수록 이젠 안 오는 것에 익숙해지셨대요. 그런데… 그 말 할 때의 표정을 보니까 전혀 익숙해 보이지 않으셨어요. 아, 지운 님을 신경 쓰시는구나 싶었죠. 사장님이 아무한테나 마음 여는 분이 아니잖아요…."

맑은 눈동자로 다정다감하게 쳐다보며 석원이 웃었다.

석원이 해준 이야기만으로도 성현이 그 말들을 수줍게 조심조심 꺼내는 모습이 눈앞에 그려지는 것만 같았다. 그토록 과묵한 남자가 누군가에게 자기 심경을 털어놓다니 미움보다는 연민이, 원망보다는 짙은 그리움이 내 마음을 휘감았다.

"저도 지운 님이 보이지 않으니까 궁금하더라고요. 그동안 잘 지내신 거죠? 별일 없으신 거죠…?"

그 마음이 너무 다정하게 스며들어 순간 울컥했다.

석원과 같은 공간에 있는 것만으로, 마치 성현도 이 자리 어딘가에 있을 것만 같았다. 그래서 그의 부재를 더 강하게 느꼈다. 차가움은 어느새 녹아내리고 나의 심장에서 다시 열꽃이 피어나기 시작했다.

세상의 많은 것들은 붙잡으려 하면 멀어지고 이젠 끝났다 싶으면 다시 다가왔다.

22.

 그곳은 달라진 것이 아무것도 없었다. 그림자와 햇빛의 경계가 밀고 당기기를 하다가 오후 세 시만 되면 이곳은 자연의 빛으로 넘쳤다. 다른 건 몰라도 햇빛만큼은 잘 들었다. 늦가을의 을씨년스러움이 채광 덕분에 사라졌다.

 테이블 여럿에 손님들이 앉아서 각자의 일을 하고 있었다. 문을 열고 들어가자 바 카운터 뒤에서 묵묵히 일하던 성현이 내가 온 것을 알아차렸다.

 문가에서 잠시 걸음을 멈추었다. 그와 나는 멈춰 서 서로를 쳐다보았다. 성현의 동공이 커졌고 그리움으로 가득 찬 조용한 미소가 입가에 맴돌았다. 그 모습을 보고 더불어 미소를 짓지 않을 수가 없었다. 행복감에 심장이 꿈틀댔다. 부끄러웠으니 더더욱 평소처럼 행동하는 것이 옳아 보였다.

 바로 어제까지 이곳에 왔다는 듯, 바 카운터 앞의 벤치에 가방을 놓고 앉아 두 팔을 카운터 위에 올리고 자리 잡았다. 가슴이 터져버리기 전에 무슨 말이라도 태연하게 해야 할 것 같았다. 말수가 없는 남자라 내가 먼저 말을 해야 하는 것은 어쩔 수 없는 일이었다.

"잘 지내셨지요?"

하지만 막상 입을 먼저 연 것은 그였다.

그는 여전히 나를 지그시 쳐다보면서 미소 짓고 있었다. 말을 먼저 씩씩하게 한다는 것이 겨우 "네…"라고 기어들어가는 소리로 대꾸했을 뿐이었다. 헛기침만 괜히 연달아 나왔다.

성현은 고개를 한 번 경쾌하게 끄덕이며 평소대로 원래 하던 일로 돌아갔다. 그의 정수리가 눈앞에 보였다. 침을 한 번 삼키고 나는 용기 내어 그에게 말을 걸었다.

"지금 나오는 노래 좋은데요."

"폴 매카트니의 〈실리 러브송Silly Love Songs〉입니다."

"아, 폴 목소리였구나."

"아이 러브 유, 라는 가사가 열 번도 더 나오죠."

따뜻한 눈빛이 너무 눈이 부셔 똑바로 볼 수가 없었다.

"비틀스 해산 후, 존이 폴의 음악 세계를 비판했죠. 너

는 왜 맨날 사랑 타령하는 노래나 만들고 있느냐고. 그래
서 폴이 '사랑 타령이 뭐가 어떠냐'고 보란 듯이 만들어낸
게 이 노래입니다."

그는 무슨 말이라도 하려고 길게 설명을 덧붙였다. 그
리고 목소리에는 평소와는 다른 긴장감이 깃들어 있었
다. 그 긴장감의 또 다른 이름은 그리움이라는 것을 알았
다.

"그동안… 저 보고 싶지 않으셨어요?"

대담해진 건지 바보 같아진 건지 나 자신도 알 수 없었
다. 그런데 그가 후회할 틈도 안 주고 기다리지 않고 바
로 대답했다.

"네, 보고 싶었습니다."

긴장감을 숨기려는 듯 장난기를 섞어 우렁찬 목소리로
말해놓고 그는 어색해했다. 그의 어쩔 줄 모르는 모습에
나는 가슴이 미어졌다. 시야가 뿌옇게 흐려지는 것도 같
았다.

"다시는 못 뵙는 줄 알았습니다."

이번에는 그가 겨우 나 혼자만 들을 수 있는 목소리로
나지막이 말했다. 그 말을 하는데 그의 어깨가 아래로 축

늘어진 것처럼 보여서 가슴이 더 먹먹해졌다.

　보지 못한 시간만큼 그리움이 쌓여만 갔다는 것을 그에게 말해주고 싶었다. 그동안 얼마나 지리하고 한심한 상태로 살았는지 그에게 알려주고 싶었다.

　당신을 보지 못할수록 애정이 커져갔다는 것을 고백하고 싶었다. 그러나 나는 그 모든 욕구를 참고 안으로 삼켰다.

　지금은 이것만으로, 이미 충분하고도 남았다.

　더 이상의 기쁨은, 나도 감당할 수가 없을 것 같았다.

　　You'd think that people would have had enough of silly love songs.

　　넌 사람들의 한심한 사랑 타령은 충분히 들었다고 생각하겠지.

　　But I look around me and I see it isn't so.

　　하지만 내가 보기엔 그렇지 않아.

　　Some people wanna fill the world with silly love songs.

　　한심한 사랑 타령으로 세상을 채우고 싶은 이도 있지.

And what's wrong with that?

그래서 그게 뭐가 잘못됐지?

I'd like to know, cause here I go again.

나도 뭐가 잘못된 건지 알고 싶어. 그래서 나는 이렇게
또 외쳐보지.

I love you, I love you.

당신을 사랑해, 당신을 사랑해.

I love you, I love you.

당신을 사랑해, 당신을 사랑해.

- Paul McCartney&Wings 〈Silly Love Songs〉 에서

"오늘은 일하다 가실 겁니까?"

차분한 목소리로 성현이 홍조를 띠고 수줍게 물었다.
그것은 마치 가지 말고 여기 내 곁에 더 있어 달라는 뜻으
로 들렸다. 아까 편집자가 부탁한 원고 수정이 생각났다.

"네, 일하다 갈 거예요."

기꺼이 그러겠노라고, 당신 곁에 머무를 것이라고 나
는 응답했다.

23.

나에게 시간이란 그 남자가 곁에 있는 시간과 곁에 없는 시간, 단 둘로 나뉘었다. 그 남자가 곁에 있는 시간, 나는 한 사람의 여자였다.

나는 아내나 엄마로서의 시간보다 한 사람의 여자인 시간에 온몸의 세포가 생생하게 살아 숨 쉬는 느낌을 받았다. 그리고 나는 내가 여자일 때 비로소 소설을 쓸 수 있었다.

아침에 일어났을 때, 밤의 어둠을 맞이할 때 내 감각은 다시 예민하게 살아났다. 겨울 공기의 서늘함으로 마음이 더 따뜻해짐을 실감했다.

전에는 속에 돌덩어리가 들어 있는 것 같아 음식을 잘 못 먹었다면 이제는 속이 울렁거리는 것 같아 음식이 잘 넘어가질 않았다. 그래도 늘 배가 부른 것 같은 포만감이

있었다. 거울 속 나의 눈동자에는 다시 상냥하고 연한 빛
이 맴돌았다.

재회 후 나는 그의 공간에 다시 중독되었다. 어떻게든
시간을 내서 그에게로 갔다. 손님이 덜 붐비는 오전 이른
시간에는 커피콩을 볶거나 택배로 보낼 커피를 포장하거
나 신문이나 책을 읽는 그의 곁에서 찬찬히 소설의 마지
막 원고를 수정했다.
　작업하다 말고 그의 익숙하고 우아한 노동의 몸동작을
물끄러미 바라보기도 했다.
　그가 가늘고 긴 손가락으로 천천히 책장을 넘길 때,
　그가 상체를 숙여 자루에서 커피콩을 꺼낼 때(이따금
티셔츠와 바지 사이의 맨살이 보였다),
　그가 안경을 벗고 커피콩을 세심하게 로스팅할 때,
　그가 핸드드립으로 커피를 내릴 때,
　뒷모습을 보이며 가스레인지에서 요리를 할 때(그의 목
덜미를 보게 된다),
　잠시 가게 밖으로 나가서 맑은 공기를 들이마시고 기
지개를 켤 때.

그가 편안하게 앉아 눈을 가늘게 뜨고 책을 골똘히 읽는 모습을 보는 것은 평화였고, 그의 군더더기 없는 몸이 활기차게 움직이고 노동하는 모습을 보는 것은 기쁨이었다.

성현이 열한 시 반쯤 내 자리로 와서 별건 없지만 점심을 같이 먹겠느냐고 물었다. 그 말투는 마치 내게 어디에도 가지 말라고 당부하는 것처럼 들려서 '난 어디에도 안 가요'라고 답하듯이 고개를 끄덕일 수밖에 없었다.

손님이 몰려 몹시 바쁜 점심시간이 끝나면 그는 흥얼대며 일하는 틈틈이 요리를 했다. 오늘은 소고기, 감자, 당근, 양파, 버섯을 넣은 카레라이스를 만들었다. 번역가 석원도 그 즈음 자리에 있다면 함께 점심식사를 했다.

석원은 내가 다시 나타나자 무척이나 반겼다.

"미술관에서 지운 님을 우연히 만나서 참 잘된 것 같아요."

그는 밝고 반듯하고 편견을 가지지 않은, 열린 사람이었다. 점심식사를 한 후에도 세 사람은 여유가 있으면 함께 커피를 마시며 두런두런 대화를 나누었다.

오후 서너 시쯤 그날의 일이 일단락되어 슬슬 귀가 준비를 해야 할 때, 나는 단 십 분이라도 카운터 맞은편에 앉아 몸을 일 미터 이내로 그에게 가까이 두었다. 내가 배낭에 노트북을 집어넣으면서 집에 돌아갈 준비를 하면 성현은 당연히 내가 그에게로 가서 마지막 '뒷마무리'를 할 것을 기대하는 몸짓을 보였다. 그의 몸짓과 눈빛이 나를 빨아들여 기어코 그의 앞에 앉게 만들었다.

우리는 수줍게 이따금 눈을 맞추면서, 커피를 마시면서 느릿느릿 몇 마디를 나누었다. 성현과 말을 주고받는 일은 마치 느슨하게 사랑을 나누는 것 같은 느낌이었다. 벽에 시계가 걸려 있었는데 나는 항상 원래 나가려고 했던 시간보다 오 분, 십 분, 십오 분… 이렇게 아침에 기상 알람을 늦추듯이 늑장을 부렸다.

"벌써 가세요?"

이미 귀가 시간을 늦출 만큼 늦췄는데도 그는 항상 내가 일어설 때면 사람 가슴 시리게 그렇게 아쉬운 표정으로 말했다. 서운한 건 내가 더 서운했단 말이다.

"집에 다녀올게요."

나는 그의 가게를 나설 때 농담처럼 생긋 웃으며 인사

를 했다. 그럴 때면 그도 전혀 당황하지 않고 이렇게 대답했다.

"어서 다녀오세요."

그렇다 해도 내가 자리를 뜰 때마다 서운한 기색이 눈가에 스쳤다.

그는 내가 가정이 있고 결혼한 여자라는 사실 자체를 잊은 듯했다. 한번은 벌써 가느냐고 습관적으로 묻는 그에게 너무 미안해서, 어쩌다 하루만이라도 그와 충분히 오랜 시간을 보내고 싶어서, 네 시 넘어서까지 그의 곁에 머물렀다. 그때 벽시계를 걱정스레 쳐다본 것은 도리어 성현이었다.

"아드님은⋯?"

당신과 함께 더 오래 있으려고 친구 엄마에게 부탁해 친구네 집에 보냈죠, 라고 나는 속으로만 말없이 대꾸했다.

"오늘은 조금 늦게 가도 돼요. 왜요?"

"걱정돼서요."

그는 정색을 하고 대답했다. 마치 자기 아이를 걱정하듯 천연덕스럽게.

내 안에서는 당혹스러움과 기쁨이 교차했다. 반면 그는 대화 중에 단 한 번도 남편을 거론하지 않고 비켜갔다. 마치 나한테는 남편이 애초에 존재하지 않는 것처럼. 그에게 있어서 내가 집에 둔 가족은 아들 하나뿐이었다.

하루는 아이가 유치원에 안 가고 엄마와 있겠다고 고집 피워서, 아이를 그곳에 데려간 적이 있었다. '엄마'로서의 내 모습을 그에게 보여주는 일에 다소 주저했지만 한편으로는 내 아들을 그에게 보여주고 싶다는 열망도 있었다. 나를 쏙 빼닮은, 내가 만들어낸 피조물을 바라보는 그의 눈빛을 보고 싶어서 나는 장난감을 든 꼬맹이를 앞세우고 가게 문을 열어버렸다.

성현은 내가 어린 남자아이를 데리고 들어온 것을 보고 그 아이가 내 아들인 것을 바로 알아차렸고, 똑 닮은 우리를 아름다운 풍경을 바라보듯 눈부시게 쳐다보았다. 윤재는 아늑한 거실처럼 옹기종기 잡동사니가 모여 있는 이곳을 단번에 마음에 들어 하면서 조심스레 구석구석 탐험했다.

그사이 성현은 윤재에게 줄 과일을 깎고 케이크를 꺼

내고 바나나 주스를 만들어서 바 카운터 위에 차려냈다. 윤재는 너무나도 자연스럽게 음식이 펼쳐진 바 카운터에 앉아서 포크를 들고 이것저것 맛있게 골고루 먹었다. 성현은 흐뭇한 표정으로 자신이 차려준 음식을 잘 먹는 어린아이의 모습을 바라보았다.

나는 그 자상한, 사랑이 깃든 표정을 보면서 마치 내가 사랑받는 것처럼 행복한 기분에 휩싸였다. 아이들은 어른들보다 더 본능적이었다. 아이는 자신을 예뻐하는 어른을 귀신같이 잘 파악했다. 윤재는 신중하게 관찰하다가 성현이 자신을 어여삐 여긴다는 것을 본능적으로 알아차리고 그를 살갑게 대했다.

"아저씨, 이 게임 알아요?"

윤재는 자신이 생각해낼 수 있는 모든 게임을 하자고 했고 성현은 귀찮은 기색 하나 없이 놀이 상대가 되어주었다.

윤재를 다루는 그의 솜씨는 훌륭했다. 그는 이 '작은 손님'을 '미래의 단골손님'이라 부르며 자연스럽게 수평적으로 대했다. 아이의 페이스에 말리거나 끌려다니지 않았고, 질서를 잡아 아이로 하여금 자발적으로 그를 따르

게 만들었다. 그러면서도 아이를 매료하고, 넘치게 다정
했다.

그가 내 아이를 마치 자기 친자식처럼 사랑이 담긴 눈
빛으로 바라볼 때 내 마음은 기쁘면서도 찢어질 듯 쓰라
렸다. 귀갓길에 묻지도 않았는데 아이가 먼저 내게 귓속
말로 속삭였다.

"아까 그 아저씨 좋아."

나는 아이의 앞머리를 뒤로 쓸어 넘기며 와락 품에 안
았다.

"저 시디 자켓의 저분은 누구죠?"

나는 그가 일하는 공간의 선반에 세워져 있는, 한 시디
자켓에 실린 매끈하고 냉소적인 표정의 백인 남자를 쳐
다보며 말했다.

"피아니스트 리흐테르요."

그가 시디를 가져와 가까이 보여주었다. 그때 시디 뒤
에 숨겨져 있던 빛바랜 가족사진이 드러났다.

"아, 저 사진…"

"가족사진입니다."

성현은 조금 수줍은 듯이 그러나 은근히 자랑스럽게 그 작은 사진 액자를 카운터 위에 올려놓고 보여주었다. 부모님과 누나 둘, 그리고 어머니의 무릎 위에 앉아 있는 소년의 흑백사진이었다.

"누나들은 다 아버지를 닮았는데 혼자 어머니를 빼닮으셨군요."

"아, 우리 어머니요? 닮았습니다, 둘이."

그는 숨기지 않고 흐뭇해했다.

"만약 딸이 있으시고 그 딸이 아빠를 닮았다면 아주 예뻤을 것 같아요."

엉겁결에 나온 내 말에 그는 흠칫 놀라는 듯했다. 긴 시간처럼 느껴진 잠시의 정적이 흐르고 성현은 차분한 어조로 말했다.

"네, 예쁩니다."

가슴이 철렁 내려앉았다. 처음엔 괜한 이야기를 꺼낸 것 같아 미안했다. 그러고는 이내 복잡한 감정이 내 안을 채웠다. 충분히 있을 수 있는 상황인데 왜 나는 이토록 놀랄까. 왜 나에게만 아이가 있을 수 있다고 착각하고 있는가. 그가 한때 가정을 이루었다는 사실을 알았으면서

자식이 있을 거라고는 왜 생각을 못했던 걸까.

전처에 더해 아이까지 있다는 말에 왜 더 지독한 질투의 감정을, 가슴의 통증을 느끼는 걸까. 하물며 딸이다. 딸이란 말이다. 이 세상에 눈에 넣어도 아프지 않을 예쁜 딸에 대한 아버지의 사랑을 능가할 수 있는 것은 그 어디에도 없었다.

심장을 누가 지그시 지르밟고 가는 것만 같았다. 내 안에서 상처가 나서 피비린내가 바깥으로 배어나는 것만 같았다. 나의 입장은 생각하지도 않으면서 뻔뻔하게 말이다. 애써 희미하게 미소를 지으며 스쳐 들은 척했다.

딸은 몇 살이에요?

딸을 만나나요?

…자주 만나요?

묻고 싶었지만 한 번도 물어볼 수가 없었다. 궁금했지만 한편으로는 알고 싶지 않았다. 사실 물어볼 필요도 없었다. 그의 방어적인 표정과 행동에서 그가 자신의 딸을 거의 보지 못하고 사는 것을 직감적으로 알 수 있었다. 그래도 질투의 감정은 쉬이 진정되지 않았다.

시간이 한참 지나 질투는 겨우 애틋함으로 바뀌어, 내가 이 사람을 얼마나 이기적으로 좋아하는지를 체감하면서 온몸을 부르르 떨었다.

24.

　일기예보대로 십이 월 첫 주에 조금 이른 첫눈이 내렸다. 첫눈이었지만 아직은 비 같은 눈싸라기였다. 글렌 굴드가 연주한 바흐의 〈골드베르크 변주곡〉이 흐르고 그것은 부슬부슬 내리는 눈과 제법 잘 어우러졌다.

　성현의 곁으로 와서 일을 하고 있었다. 행복했다. 그는 그대로, 나는 나대로 일하고 그저 한 공간 안에서 같은 음악을 들으면서 시간을 보내고 있었다. 그가 거기에 있는 것만으로도 내 마음은 흔들렸고, 그를 바라보는 것만으로도 나는 상냥한 마음씨를 가질 수 있었다.

　원고를 쓰다가 힘이 빠지면 성현에게 가까이 다가가서 마주 보며 잠시 앉아 있으면 되었다.

　'난 당신이 지금 필요해.'

　그로부터 충전받고 싶었다. 바로 지금처럼.

나는 바 카운터 건너편 벤치에 가서 앉았다. 그는 나의 욕구를 알아차리고 하던 일을 멈추고 나를 맞이했다. 그에게 따로 하고 싶은 말은 없었다. 그저 일하다가 진이 빠져, 한숨을 깊게 한 번 쉴 뿐이었다.

내가 그에게 조용히 쉬러 왔음을 안 그는, 머리를 조금 숙여 촉촉하게 반짝이는 커다란 눈동자로 내 얼굴을 들여다보며 물었다.

"웬 한숨이세요. 원고는 일단락 지으셨습니까?"

그가 내 책에 관심을 가질 때 나는 충족된 기분이 들었다. 누군가 나를 보호해주고 챙겨주는 느낌이었다.

"제가 쓴 거 다시 찬찬히 읽어보니까 완전히 쓰레기예요."

"오호, 쓰레기 같습니까?"

어린아이를 귀엽게 바라보는 듯한 미소가 그의 얼굴에 퍼졌다. 나는 입을 쭉 내밀고 고개를 숙였다.

그는 조용히 저만치서 군밤을 한 솥 가지고 와서 쟁반 위에 쏟더니 작은 칼로 밤껍질을 하나하나 까기 시작했다. 뻑뻑한 갈색 외피를 벗은 노란색 밤들이 흰색 접시에 하나둘 놓였다. 그는 그 접시를 내 앞에 놓았다. 그가 하나하나 깐 밤들을 난 날름 먹기만 하면 되었다.

"드십시오."

나에게 항상 뭐라도 먹이려는 이 남자. 그가 먹여주는 음식으로 내가 느끼고 있던 불만이나 결핍은 감쪽같이 달래지거나 채워졌다.

그가 내게 음식을 주는 것은 자기 곁에 여유 있게 머물다 가라는 그만의 표현이기도 했다. 노랗게 잘 쪄진 밤은 달달하면서도 고소했다. 마음이 절로 위로되었다. 원고가 쓰레기면 뭐 어떠랴. 다시 고치면 되지. 밤을 먹으면서 너그러운 마음으로 창밖의 하얀 풍경을 바라볼 수 있었다.

눈발이 아까보다 조금 더 강해진 것 같았다.

"이게 올해 첫눈 맞지요? 제대로 된 동글동글한 눈은 아니지만 그래도."

"첫눈 맞습니다."

그는 칼을 쥐고 있던 손을 잠시 멈추면서 눈을 가늘게 뜨고 통유리 밖을 내다보며 대답했다. 그는 이 자리에 서서 몇 번씩이고 계절이 바뀌는 신호를 눈으로 확인했으리라.

나는 잠시 내 자리로 돌아가 아예 교정지를 엎어놓고
오늘은 그만 일하기로 마음먹었다. 내일 마음 가다듬고
다시 원고를 수정하면 되겠지. 그러고는 그의 앞자리로
가서 앉아 그가 정성스레 까놓은 밤을 하나씩 음미하면
서 먹었다.

나른하게 행복했다. 조용히 흐르는 클래식이 눈이 내
리는 광경과 어우러져 더욱 마음을 편안하게 했다.

우리의 평화를 깨트린 것은 전화기 소리였다. 나의 휴
대전화 소리였다.

―지금 어디야?

남편에게 문자메시지가 왔다.

―나와서 원고 쓰는 중이야.

―그 작업하러 간다는 카페? 날씨도 안 좋은데 데리러
갈게. 일이 외부에서 빨리 끝나서.

원래 이러는 사람이 아닌데 웬일일까.

―아냐, 괜찮아. 나 혼자 더 일하다가 갈게.

―일 그만하고 나와. 윤재도 데리러 가야 하잖아. 거기
주소나 찍어봐.

그는 목표한 것은 자기 뜻대로 해야만 직성이 풀리는 사람이었다. 저항할 수가 없었다. 주소를 말하고 싶지 않았지만 어쩔 수 없이 찍어 보냈다.

성현은 나의 표정 변화를 보고 무슨 일이냐는 듯이 나의 불안한 얼굴을 쳐다보고 있었다. 남편이라는 그 단어는 차마 말하고 싶지 않았지만 어쩔 수가 없었다.

"애기 아빠가 데리러 오기로 했어요."

"네….."

"죄송해요. 십 분 후면 도착한대요."

"뭐가 죄송하단 말입니까?"

그는 딴청을 피우며 부드럽게 나를 안심시켰다.

"그 즈음해서 잠시 제가 나가 있는 게 낫겠습니까?"

그가 뜻밖의 말을 했다.

"네?"

"…불편하실까 봐요."

우리는 서로가 무슨 말을 하는지 다 알아채고 있었다.

"그럼, 네, 그렇게 해주세요."

민망했지만 그가 먼저 내 상황을 이해해줘서 고마울 뿐이었다. 남편과 그가 마주하는 상황은 내가 원치 않았다. 그도 역시 남편의 모습을 보고 싶지 않았을 것이다.

"알겠습니다."

성현은 급한 일을 처리하더니 십 분쯤 지나 조용히 가게 뒷문으로 나갔다. 나도 자리로 돌아가서 펼쳐놓은 것들을 하나하나 가방에 집어넣었다.

십 분 후, 남편은 카페 앞에 차를 잠시 세우고 창문을 열어 유리창 너머로 손을 흔들었다. 나는 손짓으로 남편에게 잠시 화장실을 다녀오겠노라고 했다. 성현은 가게 뒷문으로 나가서 아직 안 들어온 상태였다.

화장실 거울 속의 나는 백짓장처럼 창백했다. 이 눈 오는 날 그를 쫓아내서 대체 어디로 가게 만든 것인가. 나는 대체 뭐하는 여자인가. 미안함이 가슴을 싸하게 만들었다.

화장실에서 나갔을 때 나는 놀라서 소리를 지를 뻔했다. 남편이 차에서 내려 이곳 문을 열고 들어와 입구에서 가장 가까운 자리에 앉아 있는 게 아닌가. 그사이 성현은 아까 말했던 것과는 달리 카운터로 돌아와 웅크리고 앉아 선반을 정리하고 있었다. 두 남자는 결국 서로의 존재를 확인하게 되었다.

"나왔니? 어서 가자."

남편이 텅 빈 카페를 둘러보면서 다가선 내게 말했다.

서둘러 짐을 챙겨 문 밖으로 나가 차에 올라탔다. 차가 출발하는데 성현이 유리창 너머로 이쪽을 텅 빈 눈빛으로 바라보고 있었다. 우리는 눈이 마주쳤지만 그 어떤 소통도 할 수 없었다.

운전하던 남편이 입을 뗐다.

"이런 구석에서 장사가 되나? 아까 보니까 손님이 너밖에 없던데."

와이퍼가 분주히 유리창의 녹아가는 눈을 쓸어내렸다.

"평소엔 손님 많아."

화제를 바꾸고 싶었지만 남편은 그곳에 대한 이야기를 계속했다.

"그렇게 죽치고 있으면 민폐 아니냐?"

"그렇지 않아. 다들 나처럼 작업 많이 해."

목이 조금씩 메는 것 같았다.

"내가 보기엔 허세야. 집에서 일해도 되는데 꼭 카페 나가서 음료 시켜놓고 일하는 모습, 서로에게 전시하는 거…"

남편이 운전하면서 이렇게 말을 많이 하는 것은 별로 본 적이 없었다.

"나도 그렇다는 거야?"

내 목소리엔 가시가 조금 돋아 있었다.

"아니, 뭐 다 그렇다는 건 아니고."

남편이 내 쪽을 흘깃 쳐다보면서 대답했다.

"…."

"그런데 정말 이런 데서 커피 팔아서 밥값은 나오나 궁금하네. 하루에 몇 명이나 오겠어…. 카페 주인도 할 짓이 못 돼, 요새는."

자신이 커피를 마시지 않는다고 이렇게까지 말할 필요는 없었다. 나는 말없이 의자를 뒤로 제치고 눈을 감았다.

"그래, 잠이나 자면서 가라."

남편은 왼손은 핸들에 올려놓은 채로, 오른손으로 내 정수리를 쓰다듬으며 말했다.

새삼스럽게 남편의 직업에 대해 생각했다. 이제 곧 기자 경력 이십 년. 관심이 동해서 작정하면, 타인을 관찰

하는 데는 그 누구보다도 예리할 수 있었다. 그는 작정하면, 어쩌면 나보다 나라는 사람에 대해서 더 잘 알 수 있을 것이다.

남편은 내 표정에서, 내 얼굴에서 무언가 읽고 있거나 읽으려고 하고 있었다. 그는 내 표정과 행동이 달라진 것을 느끼고 있었다. 남편은 모든 걸 감지하면서도 그대로 두고 있었던 것이다.

나는 남편에게 모든 것을 고백하고 싶은 마음, 그와 이 감정을 공유하고 싶은 마음, 파란을 일으키고 싶은 마음에 일부러 들키고 싶기도 했다. 남편에게 이렇게 말을 건네고 싶었다.

당신도 지금의 나처럼 행복해졌으면 좋겠어.

당신도 지금의 나처럼 좋아하는 사람이 생겼으면 좋겠어.

그 사람을 나보다 더 좋아하게 되었다 해도 나는 이해할 수 있어.

"이 영화 같이 볼래?"

집에 도착해 남편이 물었다.

윤재를 데리러 가려면 두어 시간이 남아 있었다. 그의 말이 제안이라기보다 요구임을 나는 직감으로 알았다. 본래 영화 취향도 나와 달랐기에 그는 늘 혼자 방에서 노트북으로 영화를 다운받아 보기 일쑤였다.

"그래, 알았어. 옷만 갈아입고."

남편은 침대에 베개 두 개를 머리 뒤에 받치고 눕고 나는 거실에서 쿠션 두 개를 가져와서 그의 옆에 자리를 잡고 누웠다. 이불을 돌돌 말아 그 위에 노트북을 세팅해놓고 영화를 보기 시작했다.

영화가 중간을 넘기고 후반부로 흐르자 나른하게 졸렸다. 눈은 여전히 내리고 있었다. 올해 겨울은 유난히 눈이 많이 내릴 전망이랬다. 눈으로 인한 기압의 미묘한 변화 때문인지 남편은 끔뻑끔뻑 몇 분씩 졸았다.

그가 나지막이 코를 골면서 졸수록 그에게서 체취가 강하게 풍겨져왔다. 그가 내 어깨에 머리를 기댔다. 남편과 나는 그렇게 보는 둥 마는 둥 영화를 켜놓은 채 노곤해져 있었다.

아무래도 이러다간 그 낡고 무거운 노트북이 자칫 우리 둘 중 한 사람의 무릎 위로 미끄러져 바닥으로 떨어질 것 같았다. 남편도 그것을 눈치채고, 눈을 번쩍 뜨더니 노트북을 조심스레 가지고 와서 멈춤 버튼을 눌렀다.

"끄고 한숨 자자."

남편은 노트북을 침대 옆 마호가니 협탁 위에 안전하게 올려놓고 입고 있던 면 셔츠를 벗어젖혔다. 그리고 이불 안으로 들어갔다. 그는 이불 속에서 내 다리 사이로 머리를 옮기고 속옷을 끌어내려 입으로 애무하기 시작했다.

"갑자기 왜 그래…."

나는 남편의 머리를 끌어올리려고 했지만 그는 나의 손을 뿌리치고 계속 쉴 틈 없이 입으로 내 안에 들어왔다. 그는 요만큼도 지치지를 않았다. 남편의 예측 불가능한 행동에 나는 포기하고 그 흐름에 몸을 내맡겼다. 내가 도저히 더 이상은 못 참겠다면서 그만하라며 그의 머리를 내 몸에서 떨어뜨려놓았을 때 그의 입은 이미 얼얼하게 마비된 상태였다.

남편은 잠시도 쉬지 않고 이번에는 나를 눕혀놓고 내 위에서 의식이 아득해질 때까지 몸을 이어 앞뒤로 흔들었다. 우리는 억압과 금기 없는, 거친 섹스를 했다. 아이의 유치원 통학 버스가 도착하기까지, 라는 정해진 데드라인이 있다는 사실이 그를 더욱 급하게 탐하도록 만들었는지도 모른다.

"지금 해도 돼?"

눈을 감은 채 남편은 사정을 애써 참고 있었다. 나는 아무 말 없이 얼굴을 일그러뜨린 채 고개를 끄덕였다. 남편은 삼 분 정도 더 참다가 사정을 했다. 사정이 끝나자 잠시 내 위에 엎어져 누워 온몸의 땀을 내 몸에 비벼댔다.

나는 그를 충분히 쉬게 놔두었다. 그는 몇 분 후 화장실로 달려가서 수건을 뜨거운 물에 적셔 와 나의 다리 사이를 정성스레 닦아주었다. 남편은 대개 미안할수록 자상해졌다. 그리고 나는 그 자상함을 십분 이용했다.

"당신이 애 데리고 와줄래?"

지친 기색이 비치는 내 목소리에 남편은 기꺼이 그러겠노라며 땀범벅이 된 몸으로 말했다. 그러고는 뿌듯하고 가뿐한 발걸음으로 욕실로 향했다.

나는 헐벗은 채로 침대 위에서 맨몸을 뭉갰다. 그리고 남편이 샤워하러 간 틈을 타서 성현을 상상하며 이미 지칠 대로 지쳐버린 몸을 스스로 달랬다.

25.

　새로 출간된 책을 저자로서 처음 받아 본 날, 서점에 깔리기 전에 그에게 직접 전달하고 싶었다. 누가 뭐래도 그곳에서, 그의 곁에서 쓴 책이었다.

　밤이었지만 찾아가기로 결심했다. 아이는 낮에 축구 경기를 하고 일찍 곤히 잠들었고, 남편은 에이전트들과 술 약속이 잡혀 있으니 새벽에 귀가할 것이다. 조금 불안했지만 중간에 깨는 일이 좀처럼 없는 아이니 잠시만 다녀오면 될 것이다. 그 불안감이 더해져 차 안에서부터 묘한 긴장과 흥분에 심장이 쿵쾅거렸다.

　그립고도 익숙한, 은은하게 켜진 등불이 저 멀리서부터 보였다. 문을 살포시 열고 들어갔다. 다른 손님은 아무도 없었고 성현이 마른 리넨 천으로 유리잔을 닦고 있었다.

　"책 드리려고 왔어요."

털장갑을 벗으며 조심스럽게 말문을 열었다. 카운터 건너편에 서서 일단 가방에서 나의 책을 꺼내 그에게 주었다.

"아, 나왔군요. 고맙습니다."

그는 일하던 손을 멈추고 안경을 다시 끼고 애서가답게 책을 세세하고 면밀하게 살펴보았다.

"책 만듦새도 좋고 내용은 안 읽어봐도 좋을 테니, 독자들 반응도 당연히 좋을 겁니다. 축하드립니다."

정중하고 자상한 어투로 그가 말했다. 그러고는 그가 항상 돌아가면서 읽는 두세 권의 책 더미와 함께 두었다.

이제 이곳에 온 소기의 목적을 달성했으니 그대로 나갔어야 했다. 벽의 시곗바늘도 어느덧 밤 열 시 십 분 전을 가리키고 있었다. 보통이라면 새 손님을 가게로 들이지 않고 돌려보낼 시간이었다. 하지만 나는 눈사람처럼 얼어서 그대로 그 앞에서 머뭇거리고 있었다.

그는 내가 왜 머뭇거리는지 다 알고 있다는 듯한 표정을 지었다. 그 표정은 형언할 수 없는 복잡함을 품고 있었다. 낮에는 그토록 친밀하고 다정한데 밤이 되면 그는 차갑고 방어적이 되었고 어디론가 멀리 떠날 차비를 하는 사람처럼 보였다.

　시곗바늘이 어느덧 열 시를 가리켰다. 문을 닫을 시간
이었다. 두 사람 사이에 정적이 흐를수록 긴장감이 맴돌
았다.
　그가 나지막이 한숨을 쉬며 내게 물었다.
"밤이 늦었지만 커피 한잔 드시겠습니까?"
"네."
나는 조용히 그의 맞은편에 앉았다.
　성현은 필터에 원두를 집어넣고 천천히 밖에서부터 원
을 그리면서 드리퍼에 가늘게 물을 부었다. 중간중간 멈
추면서 그는 그 동작을 반복했다.
"후회하실 겁니다."
　그는 마지막으로 물을 붓고 나서 적막을 깼다. 부드럽
게 주변을 감싸 안는 듯한 저음의 목소리였다.
"뭘요?"
나는 얼굴이 빨개져서 그를 쳐다보았다.
"지금 생각하고 계신 것이요. 지금 원하시는 것이요."
그가 예민하게 의식한다는 것을 알고 나서야 내가 밤

에 이곳을 찾아온 진짜 이유를 깨닫게 되다니.

나는 그와 손을 잡고 입을 맞추고 싶었다. 그리고 그리고….

내가 커피를 마시는 동안 성현은 가게 밖으로 나가서 세워놓은 입간판을 안으로 들여놓고 블라인드를 하나씩 내렸다. 마지막 블라인드를 내리면서 그가 내게 물었다.

"택시 잡아드릴까요?"

나는 아무 말 없이 가만히 있었다. 그는 내 대답 듣기를 포기하고 현관을 제외하고 모든 문을 닫았다. 이제 외부에서 우리의 모습은 보이지 않게 되었다. 어차피 막다른 골목이었기에 지나다니는 사람들은 거의 없었다.

그는 다시 카운터 안으로 들어와서 평소에는 하지 않을 법한 그릇 정리를 시작했다. 그는 계속 내게 등을 보이고 있었다. 그 일이 끝나자 카운터 밖으로 나와서 테이블 사이사이를 돌아다니며 의자와 쿠션 들을 반듯하게 정리했다.

이제 더 이상 정리할 게 없어지자 그는 체념한 듯 카운터 건너편에 앉아서 나를 처음 보는 사람처럼 낯선 표정으로 바라보면서 신중하게 말을 건넸다.

"이제 저도 집에 들어가 봐야 합니다."

그의 눈빛은 구슬픈 애원에 가까웠다. 옅은 한숨을 내쉬는 것 같기도 했다.

나는 머릿속이 멍해져 고개를 한참 숙인 채 계속 그가 이야기하도록 내버려두었다. 그가 음악 소리를 줄이며 입을 열었다.

"혼자 잘 지낼 수 있게 되기까지 오래 걸렸습니다. 이젠 이 상태가 편안합니다."

두 사람 다 어린애가 아니었기에 그 말의 의미를 너무나 잘 이해하고 있었다. 한 문장으로 표현했을 뿐이지만, 가슴 아프도록 그 속뜻을 이해할 수 있었다.

그러니까 나는 더더욱 아무 말도 할 수 없었다. 이 사람은 적어도 정직하고 진지하게 나를 직면하고 있었다.

"글을 쓰셔서 더 잘 아시겠지만 사람의 마음은 늘 바뀝니다. 이젠 힘든 게 솔직히 싫습니다."

그의 눈빛은 두려움에 흔들리고 있었다.

나도 그것에 대해서는 익히 잘 알고 있었다. 사람의 마음은 늘 바뀌고 언젠가는 서로에게 상처를 입히고 만다.

하지만—

나는 당신에게 상처를 입히지 않을 거예요.

혼자 마음속으로 아무리 속삭여보아도 입 밖으로 소리를 낼 수는 없었다.

그는 나의 빈 커피잔을 보더니 냉장고에서 물을 꺼내 한 잔 따라주었다.

"냉수 마시고 속 차리라는 뜻으로 알고 마실게요."

무거워진 분위기에 작은 농담을 던졌지만 그는 웃지 않았다. 냉수를 한 모금 마시며 뜨거워진 나를 진정시켰다.

"이렇게 하는 게 최선일 것 같습니다."

나에게는 물을 한 잔 주고 그는 구석에 놓아두었던 반쯤 마신 와인병을 꺼내 유리잔에 따랐다.

"…."

"…이해해 주실 겁니까?"

"저는 제가 느끼는 거나, 원하는 걸 말씀드릴 권리가 없어요."

사실 내가 이해하건 말건 그가 말하는 것이면 무엇이

든 받아들일 수밖에 없는 입장이었다. 나에겐 피할 수 없는 족쇄가 있었다.

"제가 죄송해요."

나는 아랫입술을 꾹 누르며 말했다.

"한 작가님이 잘못하신 건 아무것도 없습니다."

그는 자책하는 나를 위로하려고 했다.

그의 목소리가 부드러울수록, 그의 눈빛이 상냥할수록 내가 무기력하게 느껴졌고, 내가 무기력하게 느껴질수록 나는 더더욱 그 사람을 갈망했다.

눈에서 갑자기 눈물이 주룩 흘러나왔다. 성현이 담담하게 휴지를 뽑아 와 눈물로 젖은 내 뺨을 조심스럽게 닦았다.

"울지 마십시오…."

휴지 조각이 눈물과 침에 젖어서 입안에 들어갔다.

"이제 그만 우십시오."

다 젖은 휴지 조각을 카운터 테이블 위에 올려놓고 손바닥으로 두 눈을 비벼댔다. 초라해지는 것을 알면서도 나는 웃기지도 않은, 농담 같지도 않은 소리를 해댔다.

"그럼, 제 부탁 하나 들어주시겠어요?"

고개를 들어 충혈된 눈으로 그를 쳐다보며 말했다. 그는 나를 애처롭게 바라보며 고개를 깊이 끄덕였다.

"가능하면 여자친구, 만들지 마세요."

농담을 가장하는 것이 내가 진실을 말할 수 있는 유일한 통로였다.

"네, 알겠습니다."

"네?"

"매일매일 이 안에 처박혀 있으면 여자친구를 만들고 싶어도 못 만듭니다."

이번에는 그도 나를 따라 생긋 웃었다.

혼자 힘으로 가게를 나와서 차를 잡았다. 큰길로 나오자 참았던 눈물이 다시 한꺼번에 쏟아져 나왔다. 눈물로 시야가 뿌예져서 연말 거리의 화려한 네온 빛이 모두 뭉개져 보였다.

나의 어리석은 행동을 나도 어쩔 도리가 없었다. 물기가 모두 빠져나가 내 몸은 앙상한 나뭇가지처럼 시들어 갔다. 겨우 택시를 잡아 타고 집으로 향했다. 유리창 밖으로 눈을 머리에 가지런히 쌓고 다니는 자동차들이 오갔다. 강변북로를 달리며 꽁꽁 언 한강물을 하염없이 바라보았다.

집에 도착하자마자 아이 방에 들어가 아이가 잘 자고 있는 것을 확인했다. 남편은 물론 아직 돌아오지 않았다. 행여 먼저 돌아왔더라면….

갑자기 정신이 들면서 눈앞이 캄캄해졌다. 밤중에 아이를 혼자 놔두고 집 밖으로 나간 것은 처음이었다. 오늘 일은 없었던 일이고, 앞으로도 없을 일이다. 내가 미쳤었다. 다시는 이런 일이 없도록 할 것이다.

겉은 벌겋게 열이 오르고 속은 시커메진 나와는 달리 아이의 얼굴은 새하얀 천사처럼 평화롭고 사랑스러웠다. 이 천사에게 몹쓸 짓을 했다. 아이의 따스하고 보드라운 볼에 뺨을 비벼대며 나는 굶주렸던 온기를 구했다.

26.

크리스마스트리는 그 존재만으로 사람을 행복하게 하는 데가 있었다. 올해는 빨강과 초록의 털실로 만든 장식 볼들을 많이 사용했다.

금색 구슬 끈을 두르고 볼들을 매단 후, 빈 틈에 솜을 곳곳에 쌓인 눈처럼 집어넣었다. 마무리로 윤재가 직접 트리 맨 위에 별 장식을 달게 해주었다. 아이가 별 장식을 똑바로 다는 것을 보면서 나는 잘했다고 손뼉을 쳤다.

박수를 받을 만한 아이였다. 아이는 지난 한 해 동안 특별히 크게 아픈 일 없이 건강하게 쑥쑥 자라주었다. 사랑해주고 먹여만 주면 알아서 큰다고 하더니 정말 그랬다. 밖은 영하의 날씨로 추웠지만 집 안은 크리스마스트리의 활기와 난로의 온기, 빙 크로스비의 크리스마스 캐럴 그리고 푸짐하게 마련된 음식으로 가득 차 있었다. 내가 낳은 아이는 내 앞에서 즐겁게 웃으면서 놀고 있었다.

그것들만으로도 나는 신에게 충분히 감사해야 했다. 그런데도 깜깜한 유리창 밖을 보면서 동시에 지금 그가 어떻게 지내고 있을지 궁금해졌다. 그가 어떻게 지내는지 몰라도 그가 건강하게 잘 지내고만 있다면 그걸로 나는 기뻐할 수 있을 것 같았다. 크리스마스에, 그 사람 혼자만의 밤이라 할지라도 그를 생각하는 사람은 반드시 있을 것이다.

어제 낮에 나가서 사 온 장난감을 아이가 유치원에 간사이 정성스럽게 포장했다. 내일 밤, 산타를 기다리겠다며 안 자려는 아이를 달래서 재운 후, 아이의 침대 머리맡이나 크리스마스트리 아래에 선물을 가져다놓을 것이다.

내일 크리스마스이브 저녁 식사 메뉴로 로스트 치킨에 도전해보려고, 오븐 사용법도 배우고 슈퍼마켓에 가서 생닭과 로즈메리 허브도 구해 왔다. 크리스마스 케이크는 아이가 유치원을 마치고 나서, 젊은 여성 파티시에가 운영하는 집 앞의 베이커리에서 같이 골라 미리 주문해놓을 것이다.

다음 날 아침, 산타 할아버지의 선물을 받고 감동에 젖은 아이의 표정을 보면 나의 인생도 그런 대로 괜찮다고 느껴질 것이다. 대신 올해만큼은 나 자신에게도 크리스마스 선물을 주리라 생각했다. 왜냐하면 나도 행복해질 권리가 있다는 것을 알아버렸으니까.

아빠만 출장을 다니는 줄 알았다가 엄마도 한 달간 출장을 간다는 말에 윤재는 처음에는 조금 투정을 부렸지만 이내 엄마의 단호한 결정을 인정해주었다. 한 달간 입주 가사도우미가 남편과 아이의 생활을 도와줄 것이다.

처음에는 한 달간의 연수가 너무나 용기가 필요한, 많은 것을 희생하는 일이라고 생각했지만 막상 일을 진척시키자 나 없이도 어떻게든 돌아가게 할 수 있었다. 그렇게 생각하지 않으면 어디로도 떠날 수 없는 것이다.

남편에게 처음 얘기했을 때 어떻게 엄마 없이 아이가 한 달씩이나 지내느냐며 질색할 줄 알았건만, 표정 하나 안 바꾸고 말했다.

"그래? 기회 있을 때 갔다 와. 애는 내가 어떻게든 보고 있을게."

어떻게 보면 당연한 나의 권리였지만 이 일을 크고 심

각한 문제로 받아들여 나에게 심적 부담을 주지 않는 그가 고마웠다.

아이도 자신이 한 달간 엄마를 기다리면 그에 대한 상을 받을 뿐 아니라 자신이 조금 더 '큰' 어린이로 인정받는다는 것에 포부를 가지고 있었다.

아들은 이런 식으로 몇 년 후면 엄마 품을 완전히 떠나고 말겠지. 엄마에게도 크리스마스 선물을 줘서 고마워.

27.

간소한 짐 꾸리기가 끝났다. 짐은 많지 않았다. 겨울옷과 책 몇 권, 노트북, 아이의 사진들이 담긴 사진첩이 내가 가져가는 전부였다.

일요일 저녁, 프랑크푸르트를 경유해서 바르샤바로 들어가는 늦은 밤 비행기를 타기 위해 집을 나섰다. 남편과 아이는 집에서 배웅해주기로 했다. 아이는 헤어질 때 조금 울먹였지만 이내 엄마 앞에서 씩씩한 모습을 보여주기로 아빠와 약속한 것을 기억하고 의젓하게 엄마를 보내주었다.

남편과 나는 작별의 포옹을 나누었다.

"여보, 고마워."

"잘 다녀와. 몸조심하고."

짐을 싣고 엘리베이터를 타고 일 층으로 내려가는 동안 나는 마침내 혼자가 되었음을 느꼈다. 앞으로도 한동안 혼자로 지낼 것이다.

　밖으로 나오자 이미 하늘은 까맣게 밤이 되어 있었다. 사람들은 추운 날씨에 한시바삐 따뜻한 집으로 돌아가려는 듯 발걸음을 서둘렀다.

　집에서 조금 걸어가면 있는 공항버스 정류장으로 향했다. 정류장에서 공항행 버스를 기다리는 사람은 나 혼자뿐이었고 버스에도 손님이 나밖에 없었다. 오랜만에 손님을 태워서 반가운지 버스 기사는 반갑게 인사하며 아무 데나 마음껏 앉으라고 과장된 손짓을 했다.

　나는 중간쯤의 창가 자리에 가서 앉았다. 이제 한 시간 가까이 버스를 타고 공항으로 가야 했다. 이 나라를 떠날 때의 버스 창밖 풍경은 늘 조금 초점이 흔들리면서 다른 느낌으로 비춰졌다. 마치 다시는 돌아오지 않을 곳의 풍경처럼 말이다.

　창밖을 바라보며 멍하니 생각에 잠겼다. 한동안 그간의 나를 붙잡았던 현실에서 벗어나 있으리라. 더 추운 곳에 가서 나 자신을 비우고, 새로운 글로 채우고 돌아오리라.

　머리를 창에 기대며 가는데 한 얼굴이 뇌리 속에서 사

라지지 않았다. 당분간 보지 못할 거라고 생각하는 것만
으로도 가슴이 시큰시큰 아려왔다.

'일부러 보지 않으려고 떠나는 거 아니었니….'

스스로를 이렇게 타이르며 잠시 눈을 감아보았지만 아
무 소용 없었다. 눈을 감을수록 그의 모습이 더욱 선명해
져 바로 눈앞에서 만질 수 있을 것만 같았다. 올림픽대로
를 타고 가다가 저 멀리 여의도 63빌딩이 보였다.

한 달 후의 나는 더 이상 지금의 내가 아닐 수도 있다.
어쩌면 지금 이대로 영영 그의 모습을 보지 못할 수도 있
다. 공황발작처럼 심장이 조여 왔다. 호흡이 가빠졌다.
두 손으로 입을 막고 과호흡을 조절하려고 했지만 쉽게
진정되지 않았다.

감정을 이기지 못하는 나 자신이 너무도 한심해 견딜
수가 없었다. 머리를 무릎 사이로 숙여 한참을 그렇게 있
었다. 그러다 결국 나는 고개를 들고 하차 벨을 누르고 말
았다. 버스 기사는 깜짝 놀라서 백미러로 나를 쳐다보았
다.

나는 짐을 가지고 중간에, 차들만 쌩쌩 오가는 허허벌
판에 놓인 정류장에서 내렸다. 차가운 바람이 불어왔지

만 추위를 느끼지 못했다. 사람을 좋아한다는 것은 어떻게든 간절히 보고 또 보려는 노력일 뿐이었다.

그는 혼자 커피를 마시면서 책을 읽고 있었다. 포플레이의 재즈 선율이 잔잔하게 흘러나왔다.

그는 가게 안으로 들어오는 나를 발견하고 읽고 있던 도스토옙스키의 『죄와 벌』을 내려놓으며 의자에서 벌떡 일어났다. 시곗바늘이 어느덧 밤 아홉 시 반을 가리키고 있었다.

"오늘…이었습니까?"

그가 태연함을 가장하며 물었다.

"네."

나는 짐을 문 안쪽에 두고 바 카운터 앞 벤치에 와서 앉으며 고개를 끄덕였다.

"지금 가시면… 한 달 후에 오시는 겁니까?"

나는 말없이 다시 한 번 고개만 끄덕였다. 성현은 작은 컵을 가지고 와서, 마시고 있던 머그잔의 커피를 나누어 주었다. 아직 충분히 따뜻했다.

"한 달 후에 또 뵈면 되겠네요"

그는 애써 밝게 대꾸했다.

나는 테이블 위에 두 팔을 올려놓고 가만히 말없이 그의 눈을 바라보고만 있었다. 조금만 더 몸을 숙이면 그와 손가락 끝이 닿을 것 같았다.

두 사람 사이에 잠시 침묵이 흘렀다. 오로지 음악 소리만이 어색한 침묵을 메우고 있었다. 어느덧 시곗바늘이 열 시 십 분 전을 가리키자 그는 시계를 바라보면서 혼잣말처럼 중얼거렸다.

"비행기 출발 시간이 상당히 늦나 봅니다."

성현은 조용히 자리에서 일어나 설거지를 하기 시작했다.

열 시가 넘어 그가 일제히 창문 블라인드를 내리고 다시 내게로 왔을 때 먼저 정적을 깬 것은 나였다.

"말씀드릴 게 있어요."

이젠 주저할 일도 없었다. 어느덧 모든 것을 내려놓고 체념할 수 있었기에 고백할 수 있었다. 성현은 깊은 눈매로 나를 뚫어지게 바라보았다.

공항으로 가는 길이었어요.

네, 가족들과 작별 인사도 하고 버스를 타고 가고 있었지요. 그런데 가는 도중에 숨을 쉬지 못할 것처럼 고통스러웠어요. 바보같이 들릴지 모르지만 이대로 가버리면 왠지 다시는 못 볼 것 같았어요.

마음을 정리하려고 떠나는 사람 같았어요. 네, 저는 마음먹은 것은 그렇게 하고야 말 거예요. 그런데 그렇게 결심을 해야 된다고 생각한 순간 미쳐버릴 것 같았어요.

당장 보고 싶어서, 당장 만나고 싶어서

눈앞에 아무것도 보이지 않았어요.

누가 뭐라고 하든, 어떻게 되든

지금 당장 만나러 가야겠다고만 생각했어요.

그다음 일에 대해선 아무 생각도 할 수 없었어요.

그저 얼굴이 너무 보고 싶었어요.

그래서 여기로 와버렸어요.

오늘 밤 비행기는 이미 타지 못하게 되어버렸어요. 하지만 이제 와서 집으로 돌아갈 수도 없어요. 왜냐하면… 이곳으로 오는 길에 제가 이러는 이유를 알게 되었으니까요.

네, 돌리지 않고 말하자면 같이 자고 싶다고 생각했어

요. 그 생각을 아주 강하게, 절실하게 전 하고 있었어요,
한 치의 의심도 없이.

오늘은, 같이, 오래, 있고 싶었던 거예요.

내가 지금 대체 무슨 소리를 하고 있는 것일까? 하지만
커다래진 그의 눈동자는 내가 뜻하는 바를 정확히 이해
했다.

"…죄송합니다."

나는 그냥 그 모든 상황이 미안했던 것 같다. 얼굴을
푹 숙이며 나는 온몸으로 무안해하며 미안해했다.

무릎에 힘이 쭉 빠졌다. 좋아하는 사람 앞에서는 왜 이
토록 약해지는 것일까. 정말이지 좋아하는 사람 앞에서
는 나 자신이 한없이 무가치하고 무의미한 사람처럼 느
껴졌다. 그런데 그렇게 약해지는 기분이 또 몹시 감미로
웠다.

성현은 여기서 뭐라고 말할까? 내가 듣고 싶지 않은 말
이 나온다면 나는 두 손으로 그의 입을 막아버릴지도 몰
랐다. 하지만 그는 아무 말도 하지 않았다. 대신 몸을 기
울여 나를 두 팔로 격하게 부둥켜안았다. 내가 천장을 바

라보고 깊은 한숨을 내쉬며 숨을 고르는 동안 그는 계속 내 등을 쓰다듬었다.

"당신 같은 사람은 처음 보았습니다. 당신은 정말 어쩔 수 없는 바보입니다."

그는 나를 껴안은 채 팔에 더 힘을 주었다.

"죄송해요…."

심장이 쿵쾅쿵쾅 울리며 자신의 위치를 알려왔다. 눈물이 양쪽 눈에서 한 방울씩 흘러내렸다.

"게다가 천생 울보에…"

그의 두 손이 내 뺨을 부여잡고, 그의 입술이 나의 입술을 급하게 찾아 헤맸다. 코가 한 번 가볍게 부딪혔다. 나는 그가 내 입술을 더 쉽게 찾을 수 있도록 도왔고, 두 입술은 하나로 맺어졌다.

나는 부끄러움과 놀라움에 손가락 마디마디가 빨갛게 물들었다.

"사고뭉치에…"

내 안에서 움직이는 그의 입술과 혀에서 아릿한 커피 맛이 났다.

"대책도 없고…."

간절하게 그가 속삭이고는 다시 한 번 내 입술을 깊이
덮었다.

밖에는 다시 진눈깨비가 사선으로 내리기 시작했다.

28.

그날 밤 나는 비행기를 타지 않았다. 항공사에 전화해서 다음 날 비행기 편을 확인해 변경하고, 폴란드의 연수담당 직원에게 하루 늦게 도착한다는 이메일을 보냈다.

"저 삼십 분만 산보 좀 하고 올게요."

가게 문을 닫고 그의 집 앞에 다다랐을 때 나는 그의 손을 놓으며 말했다.

동네 한 바퀴를 천천히 걸었다. 걷다 보니 마음이 차분해지는 것을 느낄 수 있었다. 편의점의 눈부신 형광등 외에는 어둑한 거리였다. 눈보라를 맞으면서 부근의 한강변까지 걸어 나갔다. 하늘에는 많은 별들이 수놓아져 있었다. 이 세상에는 저 별의 숫자만큼이나 많은 사람들이 있는데 왜 나는 그 가을날 그를 만났을까.

추위가 기억을 방해했지만 어떻게든 그를 기억하고 싶

었다. 그에게 우산을 빌렸던 비 내리는 가을 밤, 그날까지만 해도 그를 마음속에 담게 되리라고는 생각하지도 못했다. 돌려주지 않아도 된다는 우산을 일부러 다음 날 돌려주려고 갔던 나의 행동이 조금 이상하긴 했지만.

그날 이후로 어떤 예감만으로도 가슴이 울렁이던 것을 기억했다. 잠을 설치고 잠자리에서 뒤척이던 밤들을 기억했다. 슬픔과 기쁨이 같은 이유를 가지고 있던 날들을 기억했고, 그를 절실하게 안고 싶었던 밤들을 기억했고, 하루빨리 그 사람을 잊어야 한다고 재촉하던 나를 기억했다.

사랑한 것과 사랑받은 것, 그 모두가 어느 날에는 추억이 될 것이다. 후회는 없었다.

참 좋은 사람.

당신을 더 빨리 알았더라면.

그의 집 건물 앞에 서서 심호흡을 했다. 그리고 떨리는 발걸음으로 이 층으로 올라갔다. 두 계단을 올라갔더니 왼쪽 집의 문이 조금 열려 있었다. 그럼에도 초인종을 천천히 눌렀다.

성현이 문을 열고 내게 손을 내밀었다. 조심스럽게 그 손을 잡았다. 그는 아까처럼 나를 확 잡아끌어 자신의 품 속에 깊이 안았다. 그러고는 나의 얼어버린 뺨에 자신의 뺨을 갖다 대며 따뜻하게 녹여주었다.

나는 그의 머리 뒤로 두 팔을 감고 그의 입술을 찾아내어 나의 입술로 봉쇄했다. 그의 혀가 부드럽게 나의 것을 감싸 안았다. 그의 턱과 그의 목, 그의 어깨에도 차례차례 입을 맞추었다. 그는 눈을 감으며 얕은 신음을 내뱉었다.

"저도 말씀드릴 것이 있습니다."

그가 눈을 뜨고 얼굴을 붉히며 말을 꺼냈다.

"오랫동안 이런 일이 제게는 없었습니다. 그래서… 제가 서툴까 봐 조금 걱정이 됩니다."

뜻밖의 고백에 그가 더없이 사랑스럽게 느껴졌다. 나는 고개를 좌우로 세차게 흔들면서 그에게 두 번째로 입을 맞추었다. 내 허리를 감싼 그의 확신에 찬 두 팔에는 힘이 단단하게 들어갔다.

침대 없이, 이불만 깔려 있는 침실에서, 그는 나의 옷을 하나하나 벗기고 하나씩 드러나는 몸 부위마다 보드랍게

키스를 했다. 이윽고 내가 알몸이 되자 그는 머리끝부터 발끝까지 천천히 바라보고 손으로 조심스럽게 만져보고 입으로 또 한 번 살 내음과 맛을 확인했다. 나는 작은 고양이처럼 그의 애무에 파르르르 떨었다.

그는 자신도 알몸이 되어 나를 부드럽게 이불 위로 이끌어서 눕혔다. 침실 바닥 구석에 놓인 작은 스탠드만이 우리가 이 어둑한 방 안에서 서로의 몸을 확인할 수 있도록 도와주었다.

그의 몸은 가늘면서도 군살이 하나도 붙어 있지 않았다. 그는 나의 다리를 자신의 가슴에 바짝 밀착시킨 후 내 발가락을 이로 살짝 깨물었다. 입술은 발에서 시작해서 점점 위쪽을 향해 올라가며 차례차례 시간을 들여 다시 한 번 애무했다.

그동안 나는 손가락으로 그의 머리칼을 쓸어내리거나 헝클어트렸다. 조용히 격렬하게 몸을 섞었다. 손이 그토록 찬 사람이 몸은 그토록 뜨거웠다.

그의 단단한 몸이 내 몸을 끌어안았을 때 나의 체온도 더불어 급격히 올라갔다. 팔과 팔은 서로를 끌어안고, 손과 손은 서로 깍지를 끼고, 다리와 다리는 서로 옭아맸다. 납작한 배를 붙이고 봉긋하게 솟은 가슴을 붙이고 입술이 교차되었다. 격정적인 움직임에 조금 지치면 몸을 옆으로 뉘여 서로를 황홀하도록 마주 보았다. 그리고 힘이 재충전되면 다시 몸을 이었다.

나는 왼쪽 다리를 가슴 높이로 들어 올려 그와 천천히 사랑을 나누었다. 그는 왼손으로는 내 머리카락을 부여잡고 오른손으로 내 젖가슴과 배꼽과 겨드랑이를 번갈아가며 어루만졌다. 나는 그의 눈두덩 위에 손을 올려놓아 그의 두 눈을 가리며 둔부를 서서히 빠르게 앞뒤로 움직였다.

마침내 절정을 느꼈을 때 그의 품안에서 나는 조금 울었다. 이 남자가 나이 들어가는 것을 오래오래 지켜보고 싶었다.

그와 나는 다음 날 아침 함께 행복한 하품을 나누며 잠에서 깨어났다. 그는 새처럼 먼저 이부자리에서 빠져나와 벗어놓은 옷을 찾았다. 나는 누워서 눈을 비비적거리며 그의 알몸을 눈부시게 바라보고 있었다. 그는 내가 너무나도 좋아하는 상아색 터틀넥 스웨터를 골라 입었다.

"뭐하시려구요?"

"아침밥 차려드리려고 합니다. 어딜 가든지 여행을 떠날 때는 밥을 든든히 먹고 가야 해요."

괜찮아요, 라고 대꾸해놓고는 나는 그가 차려준 아침 식사를 남김없이 싹 비웠다. 잘 먹는 나를 보면서 그는 흐뭇하게 웃었다.

그와의 첫 아침 식사.

아침 식사를 마치고 그는 시간을 확인한 후, 무심하게 다시 한 번 나의 옷을 벗기고 손을 이끌어 나를 이불 속으로 데리고 들어갔다. 또다시 우리는 온기 속에 사랑을 나누었다.

눈이 온 다음 날, 더더욱 눈부시게 떠오른 태양의 빛이 비추는 곳에서 우리는 서로의 하얗고 울퉁불퉁한 살과 갈색 체모, 솟아오른 자줏빛 유두를 십 대 아이들처럼 신기해하며 하나하나 조심스럽게 다루면서 그 맛을 보았다.

그의 마지막 사정이 끝나고 잠시 까무룩 잠들었다가, 우리는 새로 태어난 아기처럼 다시 살아났다. 알몸으로 껴안은 채 하얗게 함박눈으로 덮인 창밖 풍경을 함께 올

려다보며 아무런 죄책감도, 미련도, 후회도 없음에 감사
했다.

여자로 새롭게 태어난 완벽한 사랑의 날.

어느덧 떠나야 할 시간이 되었다. 공항철도역까지 성
현이 짐을 들어다 주고 배웅해주겠다고 했지만 혼자 갈
수 있다고 마다했다.

"누가 볼까 봐 걱정됩니까? 보려면 보라고 해요."

패딩을 입고 털모자를 쓰고 목도리를 눈 아래까지 둘
둘 두르니 어차피 누가 알아볼 수도 없었다. 나는 배낭을
메고 그는 트렁크를 끌고 공항철도역 승강장까지 장갑을
낀 채 사랑하는 연인처럼 손을 맞잡고 걸어갔다.

작별의 시간이 왔다. 오 분이고 십 분이고 그와 더 함께
있고 싶었지만 나는 인내할 줄도 알아야 하는 어른이었
기에 제시간에 오는 공항행 기차를 타야만 했다.

나는 장갑을 손에서 빼고 맨손으로 그의 장갑도 손에
서 벗겼다. 벌겋게 차가워진 두 개의 손바닥이 허공에서
포개졌다. 나는 두근거리는 마음으로 그의 눈동자 속을
들여다보았다. 다시 또 품에 안기고 싶었지만 이제는 떠

나야 할 시간이었다.

하아, 나는 아쉬움과 서운함에 말없이 한숨만 쉬었다.

"한 달 후에 또 보면 됩니다. 땅이 꺼지겠습니다."

그는 추위에 터버린 내 왼쪽 뺨을 손바닥으로 감싸며 웃었다.

공항으로 가는 기차 안에서 나는 다시금 완전한 혼자가 되었다. 지갑을 호주머니에 집어넣다가 남편과 아들의 사진이 삐죽 나와 있는 것을 보았다. 이 남자는 누구이고 이 소년은 누구였더라. 갑자기 정신이 아득해졌다.

정신을 차려보니 나는 꽤 먼 곳까지 와버리고 말았다.

29.

바르샤바에서 일부러 그에게 단 한 번도 연락하지 않
았다. 일주일에 두 번씩 가족들과 전화 통화를 하고, 가
지고 온 책들을 읽고, 새 소설을 구상하고, 현지의 열정
이 넘치는 대학생들에게 한국문학 강좌를 두 번 열었다.
현지의 한인 유학생들과 어울려 다니며 바르샤바를 구경
하기도 했다.

한 달이라는 시간은 그렇게 훌쩍 지나갔다. 바르샤바
의 겨울은 상상을 넘어서게 추웠다. 원래도 하얗던 피부
가 더 하얘진 것 같았다. 매서운 칼바람 속에서 나에게서
불필요한 것들을 조금씩 깎아 없애버릴 수 있었다. 정말
필요한 순백의 투명한 결정체들만 내 안에 남도록.

길고 매서운 겨울이 지나고 나면 폴란드의 봄날은 더없
이 화사하고 주변은 들꽃으로 가득해진다고 했다. 아쉽
게도 그 목가적인 정경은 못 보고 떠날 것이다.

초인종을 누르자 아이가 저만치서 다다다 뛰어오는 소리가 들렸다. 현관문을 열자 아이가 나를 발견하고 뛰어올라 부둥켜안았다. 제법 무거워서 깜짝 놀랐다. 아이는 못 본 한 달 사이 훌쩍 성장해 있었다.

아이를 껴안은 채 들어가 짐은 현관 앞에 놔두고 한참을 그렇게 거실 소파에서 껴안고 있었다. 급기야는 아이가 "엄마, 숨 막혀"라며 놔달라고 성화였다. 일 때문에 저녁 늦게 들어온 남편도 단언한 것만큼 아이를 돌보는 일이 쉽지 않다는 것을 몸소 알게 되었는지 예전에 비해 조금 야위어 있었다.

"여보, 고마워."

자기 전, 침대 안에서 그의 등에 얼굴을 붙이며 말했다. 남편은 아무 말 없이 내 손을 잡아 그의 배 앞으로 끌어당기며 잠을 청했다.

다음 날 아침 일곱 시에 자명종이 울리자 늘 그래왔던 것처럼 눈을 떴다. 다행히 시차의 영향은 거의 없었다. 옆에 누워 있는 남편은 삼십 분 후엔 눈을 뜰 것이다.

화장실에 가서 세수를 하고 이를 닦았다. 다시 침실로

가서 남편의 등을 흔들어 깨웠다. 부엌으로 가서 가사도
우미가 어제 만들어놓은 콩나물북엇국을 가스레인지에
올려놓고 프라이팬에 계란 세 알을 부쳤다. 냉장고에서
반찬 몇 가지를 꺼내 테이블 위에 올리고 보글보글 끓은
국을 퍼서 올려놓았다.

그 즈음 남편이 일어나서 잠옷 바람으로 테이블 앞 의
자에 앉아 숟가락을 들어 국을 한 수저 떴다. 아이 방에
들어가 자는 윤재를 흔들어 깨운 후 아이가 계속 칭얼대
는 동안 바지를 꺼내 입히고 양말을 신겼다.

아이는 잠결에 "엄마…"라며 나를 꼭 껴안았다. 오랜
만에 만난 아이의 어리광을 조금 받아주기로 했다. 그러
나 시간이 촉박해지자 아이의 상체를 일으켜 세운 후 눈
감은 그대로 잠옷을 벗기고 옷을 마저 입혀서 번쩍 일으
켜 세워 부엌으로 데리고 나왔다.

오 분만에 밥을 다 먹은 남편은 화장실에 들렀다가 옷
을 입고 바로 출근했다. 아이가 테이블에서 밥을 먹는 둥
마는 둥 하는 동안 재빨리 편한 옷으로 갈아입고 나도 두
어 술 밥을 떴다. 시계는 그사이 쉬지 않고 똑딱똑딱 움

직였다.

유치원 버스가 도착하기 오 분 전에 우리는 수저를 놓고 겉옷을 챙겨 입고 유치원 가방을 들고 엘리베이터를 타고 내려갔다. 밖에서 이삼 분간, 오늘 방과 후에 무엇을 할지에 대해 아이와 얘기를 나누다 보니 어느새 노란색 버스가 코앞에 와 있었다.

유치원 선생님들은 패딩 점퍼 안에 앞치마를 입은 채로 반갑게 마중을 나왔다.

"오늘은 아버님 대신 어머님이 나오셨네요. 잘 다녀오셨어요? 윤재가 그사이 얼마나 의젓했는지 몰라요."

나는 고개를 몇 번이고 숙이며 그간 윤재를 특별히 더 챙겨주었을 유치원 선생님들께 고마움을 표했다. 노란 버스가 저 멀리 안 보일 때까지 아이를 향해 손을 흔들었다.

아파트 십 층으로 다시 올라오자마자 식탁에 있던 아침 먹은 그릇들을 싱크대에 집어넣고 창문을 열어 환기를 시키며 밀대에 일회용 물걸레 휴지를 끼워 거실 바닥을 간단히 청소했다. 그리고 옷장으로 가서 옷을 꺼내 입었다.

서울도 아직은 롱 코트를 입고 다녀야 하는 계절이었
다. 네이비 코트에 초록색 머플러를 두르고 노트북이 든
배낭을 메고 집을 나섰다.

겨울 아침의 서늘한 공기에 콧날이 시큰했다. 그가 나
를 기다리고 있었다.

문을 열고 우리는 서로를 마주 보며 미소 지었다.

"다녀왔습니다"라고 한 달만에 그에게 인사를 했다.
"잘 돌아오셨습니다"라며 그는 나를 반겨주었다. 조금
살이 빠졌다고 내 얼굴을 가까이서 쳐다보면서 그가 걱
정하듯이 말했다.

예전에 앉던 자리에 자리를 잡았다. 새로운 소설에 대
한 구상을 어느 정도 해 왔기에 어서 초고를 써 내려가고
싶었다.

재충전이 된 나를 보면서 나보다도 그가 더 흐뭇해했
다. 바쁜 시간에 손님들이 한꺼번에 몰려왔다가 나갔다.

마음이 이끄는 대로 새 소설의 초고를 써 나가다가 문
득 자판 위에 손을 잠시 내려놓고 익숙한 창밖 풍경을 바

라보았다. 겨울의 마지막을 알리듯 따뜻한 햇살에 오래 묵었던 눈덩어리들이 녹아 나무의 앙상한 가지들이 하나 둘 드러났다.

조금 있으면 가장 먼저 봄을 알리는 진한 향기의 백목련이 피기 시작할 것이다.

끝.

작가의 말

  예정에 없던 소설이었다.

  작년 봄 어느 날, 불현듯 너무도 사랑 이야기를 쓰고 싶어
서 특별한 구상 하나 없이, 겁도 없이 어느새 써 내려가고 있
었다. 돌이켜보면, 당시 나는 사랑에 빠지고 싶었나 보다.

  불행인지 다행인지 일인칭 소설이라 쓰는 동안 내가 사랑
에 빠진 것 같은 착각 속에 살았다. 시큰거리는 감정의 결들
을 매만지며 일상은 행복하기도 했고 쓰라리기도 했다.

  사랑에 관한 소설은 이 세상에 넘치도록 많고 작가는 자
신이 바라보는 사랑을 이야기에 투사하기 마련이다. 나에게
있어 사랑은 빠져버리는 것이고, 서툰 것이고, 바보가 되어
유치해지는 것이고, 그 사람 앞에서 한없이 약해지는 것이
고, 할 수 있을 때 뒤도 돌아보지 않고 하는 것이고, 마침내
는 이기적으로 욕심을 내는 것이었다. 게다가 우리는 타인
의 사랑을 함부로 재단할 수가 없다. 그것은 이를테면 서로
간의 약속 같은 것이다.

나중에 먼 훗날, 내가 더 이상 애틋한 감정을 느끼지 못할 무렵 이 소설을 다시 읽는다면 '나는 저런 사랑을 했었구나'라고 되새길 것 같다. 나의 딸도 더 먼 훗날 '엄마는 저런 감정을 느꼈었구나'라고 소설이라는 허구를 통해 어슴푸레 짐작하고, 운이 좋다면 딸은 엄마의 마음에 공감해줄지도 모른다. 그런 의미에서 소설을 쓸 수 있어 감사한 마음뿐이다.

　누군가는 지운을 두고 이기적인 여자라고 욕할지도 모르겠다. 그런데 지운의 입장에 서게 된다면 나 역시도 그녀와 같은 행동을 할 것이다. 어쩌겠는가, 이렇게 타고난 것을.

　부디 '우리' 두 사람을 이해하고 용서해주길 바란다.

　그것이 아마도 내가 바라는 모든 것이다.

2016년

임경선

나의 남자

초판 1쇄 발행 2016년 3월 3일
초판 6쇄 발행 2023년 1월 25일

지은이 임경선
펴낸이 이승현

기획팀 오유미
디자인 송윤형

펴낸곳 ㈜위즈덤하우스 **출판등록** 2000년 5월 23일 제13-1071호
주소 서울특별시 마포구 양화로 19 합정오피스빌딩 17층
전화 02) 2179-5600 **홈페이지** www.wisdomhouse.co.kr

ⓒ 임경선, 2016

ISBN 978-89-5913-829-6 03810

* 이 책의 전부 또는 일부 내용을 재사용하려면 반드시 사전에 저작권자와
  ㈜위즈덤하우스의 동의를 받아야 합니다.
* 인쇄·제작 및 유통상의 파본 도서는 구입하신 서점에서 바꿔드립니다.
* 책값은 뒤표지에 있습니다.